目次

冬の水族館　角田光代　7

その指で　島本理生　33

一　燃え殻　61

、　朝倉かすみ　69

晴　ぱらい　ラズウェル細木　97

ま　「会　越谷オサム　111

奈　小泉武夫　167

イ　岸本佐知子　193

振　北村　薫　199

もう一杯、飲む?

冬の水族館

角田光代

角田光代（かくた・みつよ）

1967年、神奈川県生まれ。90年「幸福な遊戯」で海燕新人文学賞を受賞しデビュー。96年『まどろむ夜のUFO』で野間文芸新人賞、2005年『対岸の彼女』で直木賞、06年「ロック母」で川端康成文学賞、07年『八日目の蟬』で中央公論文芸賞、14年『私のなかの彼女』で河合隼雄物語賞受賞。『愛がなんだ』『さがしもの』『平凡』など著書多数。

場所はどこでもよかった。とはいえ遠方は無理だから、日帰りか一泊でいける場所。いき先や移動手段を調べたり予約したりするのは、いつのまにか私の役目になっている。

たまにはどこかにいこうよ。どこかっていうのは、ちょっと遠くのどこか。温泉とか。

温泉いいね。

じゃあ一泊?

いや、日帰り温泉とかないかな。

これが、私と直純《なおずみ》の交わした会話である。

私と長谷川直純のあいだには、以前あったような熱情はなくて、でも熱はなくとも情だけはあって、その情は、英語表現にしたらラブなのかライクなのか、あるいはシンパシーなのかアフェクションなのか、もしかしたらマーシーなのか、私にはすでにわからない。英語で表現する必要もないのだが、「情」とはなんなのか考えようとすると、そんなような単語がたくさん出てきて、英語というのは、気分や気持ちをも曖昧《あい》《まい》にせずに、そんなふうに細分化するんだなと感心してしまう。

ともあれ、どこかにいこうよ、と言ったときに、じゃあ蟹《かに》を食べに北陸にいこうとか、近場なら茨城であんこう鍋《なべ》はどうかとか、そんなふうに盛り上がることもなく、そうだね、いいね、どこでもいいよ、というやりとりが、まさに私たちの関係性をあらわしている。今年の春も夏も、そんなふうに言い合って、結局、都内から出なかった。どちらも何も決めなかったから。

今回こそどこかにいこう。私は職場のパソコンで検索をくり返す。日帰り温泉施設があるところ、山よりは海がいい。そして私は海の町にあるパワースポットを見つける。縁結びにご利益《りやく》のある寺院のようだ。丸いかたちの玉を投げて石に当たれば願いが叶《かな》う、といわれている「和み玉」というものがあって、ひとりでやればいいご縁がやってきて、カップルや夫婦でやれば関係が円満になる。これ、いいじゃないか。二人で石を投げたらちょっとは盛り上がるかもしれない。日帰り温泉もたくさんある。駅から送迎バスが出ている施設もある。よきかなよきかな。ひとり言を言いながら検索したり時刻表を調べたりしていると、ずっと前、一分でも一秒でもいっしょにいたかった、そのくらい相手に夢中だったころのことを、ちょっと思い出したりもした。

そうして十二月あたまの土曜日、早朝に東京駅で待ち合わせて私たちは特急電車に乗った。朝が早すぎて、駅構内で開いている店が少なく、思うように駅弁を選べなかったけれど、それでも電車の座席に並んで座り、おにぎりやスナック菓子を背面テーブルに並べ、休み感を出すために買ったビールのプルタブをプシュッと開けるのはたのしかった。

「サンドイッチにすればよかったような気がする」と直純が言うのも、久しぶりに聞くとおもしろく思えた。サンドイッチを買えばおにぎりにすればよかったと言う直純に、無性にいらいらするときもあった。そんなちいさな選択と後悔に、だから自分の人生をきちんと決められないんだよと大げさなことを重ねてしまうときもあった。

私と直純は大学時代の同級生で、でも大学生のときは互いの存在をほとんど知らず、卒業後十年目の同窓会ではじめてきちんと言葉を交わした。そのとき私たち双方ともに恋人がいたので、話していてたのしいとは思ったけれど、あんまり深くかかわろうとはしていなかった。深くかかわろうとしていなかったにもかかわらず、会って話すとたのしくて、気がつけば会いすぎるようになっていた。話すのもたのしかったが、飲食の嗜好《しこう》とペースが合うのが、急速に親しくなった理由だった。これを食べてみたいとか、この店にいってみたいという感覚がいっしょだったから、次の約束を決めやすかったのだ。当時の私の恋人は私が泥酔《でいすい》することを嫌悪《けんお》していて、直純の恋人は酒を飲まないらしかった。それぞれの恋人といるとき、私はつねに飲酒量に注意して飲んでいて、直純は居酒屋やバーではなくレストランで食事をするだけだと言っていた。だから私たちは居酒屋やバーや各国料理店で、好きなだけ飲みながら話した。閉店まで居座ることもあった。

けれどもそれだけだった。会いすぎるだけ。恋人よりも、もと同級生と会って飲んでいるほうが多いだけ。本当は、終電を逃して二回だけラブホテルに泊まったことがあるが、それだって、「それだけ」だと思っていた。酔った勢いでたった二回、そうなっただけ。

卑怯《ひきょう》だなと思うのは、そんなふうにして会いすぎながら、直純が、結婚が決まっていることを言わなかったことだ。式場をおさえてあることも入籍日も決まっていることも言わなかった。もし言われていれば、会いすぎるのをやめただろうかと、のちのち私は幾度も考えた。やめただろうと思うのだが、でも、自分の人生においてじつは多くのことが不可抗力なんじゃないかと、最近になって思うようになった。そっちにいってはだめだとわかっていたって、私たちはいくし、それを選んだら大損だと知っていても、選んでしまう。……という考えかたが、年齢による悟りなのか、はたまた諦《あきら》めなのか、それとも、思考停止の言い訳なのか、じつのところわからないのだが。

　小田原を過ぎてしばらくしてから、窓の外に海があらわれ、私たちは中腰になって海を眺めて、左列に席を取ればよかったとしばし言い合う。あそこ、空いているから移っちゃおうか。でも、これから指定席券を持った人が乗ってくるかもしれないし。乗ってきたら戻ればいいんじゃないかな。

　言い合っているうち海は建物に隠れ、私たちは何ごともなかったかのように自分たちの席に座る。しばらくすると、また海があらわれるが、私たちはもう腰を浮かすこともなく、ただちらちらと車窓の海に目をやりながら、ぬるくなったビールに口をつける。

　熱海でけっこうな数の乗客が乗りこんでくる。私たちが移ろうとしていた席には中年の女性二人組が座り、電車が走り出すとお弁当を広げて、たのしそうに話しながら食べはじめる。熱海を過ぎてしばらくすると、車窓の海は、建物に遮られることなく線路に沿って広々と続く。ああ本当に左の列に席をとればよかったと思うが、私はそれを口に出さない。この小旅行が失敗だと思ってしまいそうだからだ。かわりに、お昼何食べようか、と言おうとして隣の直純を見ると、背をまっすぐにのばし前を向いたままで寝ていた。

海を見るふりをして、お弁当を食べながらおしゃべりをしている二人組の中年女性を見る。それぞれの夫は定年退職していて、ときどきアルバイトにいくくらいで、あとは家にいて、会話もなかったり嚙《か》み合わなかったりでうんざりしていて、こうして女友だちとしょっちゅう小旅行をしているのではないか、と想像する。夫と旅するより女友だちと旅したほうがずっとたのしい。お昼何食べようかと訊《き》いても、夫はきっと、なんでもいいとむっすり言うのだろうし、道の駅にいったってすぐに退屈して、いらいらと喫煙所で煙草《たばこ》をふかすのだろうし。

もし――想像が止まらなくなる。もし、あと十五年後、二十年後、直純の妻もそうなったとしたら、私は家庭では用済みの直純と、こうして小旅行に出かけるのだろうか。それはあの女性たちみたいにたのしい旅になるのだろうか。

左手の窓から見える海は、遠くなったり近くなったりしながらずっと続く。左列の乗客越しに見ていても、海は見飽きることがない。それでも、軽い酔いと車内の暖房に眠気を誘われて、いつの間にか私も寝入ってしまい、気がついたら終点だった。

終点なのに起きない直純を起こし、電車を降りる。寝入るまでは晴れていたのに、ホームに降り立つと曇っている。でも予報では雨は降らないはずだ。

目的地の寺院まではロープウェイでいく。寺院のある山には、展望台や遊歩道など、ほかにも見どころがある。寺院を参拝して、遊歩道を歩いたりして、おみやげショップを見て、お昼過ぎにこちらに戻ってきて昼食にすればいい、そのあと日帰り温泉にいって……と、なんとなくの計画を立てていた。改札を出て向かいにある観光案内所にいく。アクリル板の向こうで何かの作業をしている女性に、ロープウェイのチケットはここで買えますかと訊くと、彼女は顔を上げ、

「申し訳ありません、運休中なんですよ」と言った。

「えっ、運休?」

「ええ、あの、工事していて、十二月いっぱいは運休で……」

「えっ、工事?　運休?」言われていることはわかるのに、信じたくないからくり返してしまう。

「ホームページにその旨《むね》明記してあるんですけどね」

私が何かクレームをつけると思ったのか、女性はさっきより少し険のある言いかたをする。ホームページは見たのに、運休だという部分には気づかなかった。玉を投げる部分しか熱心に見ていなかった。

「あの、山の頂上まで、ほかにいく方法はありますか？　タクシーとか……」

「タクシーでは……、というか、山自体、今、入れないんですよ」女性は言う。「それもホームページに書いてあるんですけどね」

私は振り返り、背後に立つ直純を見る。目が合うと直純は、何？　という顔をする。何じゃないよ聞こえていただろう、と八つ当たり気味に思いながら、

「ロープウェイは運休で、山にはいけない」と私は言った。言うそばから泣き出したくなる。

私はいつもこうなのだ。子どものころからずっとそうだ。何も調べずに、まず動き、動いたあとで失敗する。動く前に調べたり、予習したり、段取りを踏むべきなのに、いつも忘れて動いてしまう。幾度失敗しても学習しない。三十代のとき、こんな自分がほとほと嫌になって、こういうことのできる人といっしょになればいいのだとひらめいた。会いすぎていたころの直純は、こういうことができた。いや、できなかったのかもしれないけれど、がんばってやってくれた。時刻表や乗り換えの時間を調べたり、左右どちらの席がいい景色を望めるのか調べたり、宿を予約したり、施設の休館日やレストランの定休日を調べたり、予約の必要の有無を調べたり、してくれた。これで私はもう失敗に泣かなくていいと思った。直純といれば世界はスムーズにことが

進むやさしい場所になると思った。

「いけないんだ、山に」直純はぼんやりした顔でくり返す。

「うん、運休だし、山は閉まってるから」私もくり返す。

「山が閉まってるってなんかおかしいな」直純はちょっと笑う。

いつからか直純はそういうことをしなくなった。それについて私はなんとも思わない。というよりも、そりゃそうだろうなと思う。直純だってきっと私くらい、そういうことが苦手なのだ。でもものすごくがんばっていたのだろう。家族のためにもがんばってきたのかもしれない。いや、家族のためには今もがんばり続けているのかもしれない。だからがんばり疲れて、私といるときはがんばることをやめたのだ。だれだって、得意でないことは続けるのはつらいし、疲れてしまう。

だから私たちには今、代替案がない。どちらももう、がんばらないから。

「しかたない、温泉にいこうか。お昼食べてから温泉と思ってたけど、いくとこもないし」私は言う。まだ朝の九時すぎだが、ほかにいくべきところも思いつかない。私も直純も運転免許を持っていない。タクシーもあるが、ここからいきたい場所は思いつかない。今から温泉に入れば、昼過ぎにはもうすることがなくなってしまう。熱海にでも寄るか。たしか秘宝館がある。小田原で降りるか。たしか象のいるお城があったはず。ああでも、それもみんな閉まっているかもしれない。温泉も閉まっているかもしれない。象ももういないかもしれない。「調べればよかったよ。ごめん」直純は私に背を向けて歩き出す。こんなことで怒るような男ではないが、怒ったのかもしれない。私は泣きたいような気分で直純のあとを歩く。うつむいて歩いていたので、立ち止まった直純の背にぶつかった。

「水族館があるから、いってみるか」

直純が立っているのは観光案内地図の前だった。ほら、ここに、と指さす先に、たしかに水族館の表示がある。少し距離がある。

「水族館、いいね、うん、いこういこう。さっきのところでいきかたを訊いてくる」私は小走りに観光案内所に戻る。水族館にいくことではなくて、直純が素早く代替案を見つけたことがうれしかった。さっきやりとりをした女性が、私を見てほんの少し顔をこわばらせる。

「水族館にいきたいんですが」息せき切って言いかけて、「もしや水族館もお休みとか……」思い浮かんだことがそのまま口をついて出る。

「水族館はやってますよ、七番のバス停から水族館いきのバスが出ています」彼女が言い、

「ありがとうございます」私は深々と頭を下げて、

「七番のバス停だってー！」まだ案内板の前にいる直純の元に駆け寄る。

バス停でバスを待つうちに、空を覆《おお》う雲はどんどん分厚くなり、周囲はどんよりした灰色になった。バスがやってきて、私たちは後方の二人がけのシートに座る。なかなか発車しない。幼児を連れた若い夫婦らしき男女が乗りこんできて、私たちのうしろに座る。三十代とおぼしき女性二人が乗り、前の座席に前後並んで座る。やがてバスは曇り空の下、走り出す。

直純は、私たちが親しくなった同窓会の約八か月後に入籍し、その二か月後に式を挙げた。その一連について私が知ったのは挙式の二週間ほど前だった。結婚式に呼ばれていた同級生に、式には出るかと訊かれてはじめて知ることとなった。そのころ私は、直純と会いすぎていたせいで恋人と疎遠《そえん》になっていて、直純との時間が楽しすぎたせいでそれを放置し、関係はほとんど自然消滅しかけていた。直純の入籍と挙式を知らされて、混乱した私はその自然消滅を修復しようとしてみた――そうすれば、結婚した直純とでも、今までどおりのバランスがとれるだろうと思ったのだ――が、あっけなく恋人にふられた。直純には心底呆《あき》れ、失望し、携帯電話で直純の番号を着信拒否設定にし、さらには直純の連絡先を消し、それでも足りなくて私の携帯自体を替えてあたらしい番号にした。それから二年弱、会わなかった。

再会はものすごい偶然だった。会社帰りに同僚と寄った居酒屋に、直純がいたのだ。私の働く教材会社の最寄り駅は小川町駅で、二年前に直純の勤めていた広告制作会社は赤坂だった。そして私と同僚が寄ったのは有名店でも評判の店でもない、会社の近くの居酒屋だった。もちろん以前に直純ときたこともない。だから、カウンター席の隅に座っているのがあの直純だとは気づかなくて、向こうから声をかけられても、直純だと認識するのに数秒かかった。神保町の古書店街に資料をさがしにきた帰りだと直純は言った。合流して三人で飲み、十時過ぎに同僚が帰ると二人で店を替えて飲んだ。

酔っていたから言いたかったことを言えて訊きたかったことを訊けた。あんたずいぶん卑怯なまねしたよね、ばれなければ新婚のまま私と会い続けていたわけか、ださい、ださすぎると執拗《しつよう》にくり返し、直純は謝り続けた。たのしすぎて言えなかったんだと言った。ああわかる、その気持ち、と思ったけれど言わなかった。直純は今も同じ赤坂の会社に勤めていて、方南町の駅から徒歩六分の賃貸マンションに住んでいると言った。結婚したのは酒の飲めない恋人で、三歳年上の彼女は輸入家具の店で働いているが今は育休中で、一歳三か月になる子どもがおり、性別は女の子で名前は凛々《りり》しいに花と書いてりりかで、保育園の入園待機中だと、訊けばぜんぶにきちんと答えた。その日終電を逃して飲み続け、それぞれタクシーで帰った。神保町にものすごくおいしいネパール料理の店があると直純が言い、じゃあ今度いこうという酔った会話が次の約束になった。記憶にあるよりもっとたのしくて、偶然は運命に思えた。

二年近く会わず、会わなくて平気になっていたのに、会ってしまえばあっという間にもとどおり、いや、前よりさらに親密になった。たぶん、明確に立場が決まって、二人の関係をあらわす言葉がすでに存在していたからだろう、とのちに考察した。その当時は、このなりゆきはアルコール依存症みたいだと思っていた。深刻な依存症になったらいっさい酒断ちしなくてはいけなくて、断ったら最後、一滴でも飲めば元の木阿弥《もくあみ》、いやそれ以上に酒に依存すると聞いたことがある。つまり私は二年弱、直純断ちをしていたのに、たった一滴で元の木阿弥以上になったと感じていた。一分一秒でもいっしょにいたかったのは、そのころだ。直純は子どもがまだちいさかったし、朝帰りをしたり小旅行をしたりすることはもちろんできず、会えるのは週に一、二回だったから、なおのこと会いたかった。仕事帰りに待ち合わせて食事をして酒を飲み、その後ラブホテルにいくか、仕事帰りに私の住まいで待ち合わせて食事をして酒を飲むか、デートはそのどちらかしかなかった。映画やカラオケやコンサートや展覧会など、相手以外のものを見つめるのは時間が惜しかった。たとえその相手と並んでいても。

そういう時期が三、四年は続いた。そのあいだに直純一家は新中野に引っ越し、凜々花は年長さんになり、私は販売促進部から企画開発部に異動になり、茗荷谷《みょうがだに》から四谷三丁目のマンションに引っ越した。再々会四年目あたりから、一年に一度くらい、直純は私の住まいに泊まったり、関東近郊に一泊旅行に出かけられるようになり、相手を見つめるよりは相手と並んで映画や絵画を見ることのほうが増えた。再々会から六年後には——その年に私たちは四十歳になったのだが、恋愛の純度は薄まりはじめ、ラブだかライクだかわからなくなり、けれども習慣のように会い続け、ときには旅行にいき続けた。このころにはもう、直純は私のためにはがんばらなくなっていたし、そりゃあそうだよな、と私も思っていた。

そこからさらに五年が経過した今、私たちはバスから曇天の下に降り立つ。バス停の先にすぐ水族館の入り口がある。バスから降りた数人はみなそちらに向かう。私たちも彼らのあとを歩く。入り口を入ると海にかかる橋のように細い通路が奥へと続いている。水族館は海のなかに建てられているらしい。通路は円形の巨大水槽へとつながっている。船みたいな建物に入ると、三百六十度、天井まである水槽を、いろんな種類の魚がぐるぐるとまわっている。私と直純は「わあー」とちいさく声を出し、回遊する魚にしばし見とれる。しかし五分もしないうちに充分見たという気持ちになり、どちらともなくそこを出て、また先へと続く通路を進む。アザラシのいる水槽を過ぎてなおも進むと、ペンギン舎があり、ペンギンたちが何をするでもなく突っ立っているのが見える。どんよりした空の下でペンギンたちは寒さに耐えているみたいに見えるが、隣のプールに飛びこむと、べつの生きものみたいな超高速で飛ぶように泳いでいる。あっけにとられて見ていると、ブオオブオオと野太い声が不気味に響き渡る。ペンギン舎のうしろにアシカのプールがあり、アシカが鳴いているのだった。

水族館のいちばん奥まったところにはアザラシ館がある。来場者たちがみんなそちらに向かっていくので私たちもついていく。希望者がアザラシに餌《えさ》をあげる餌やりタイムがあり、そのあと、アザラシといっしょに写真を撮れる撮影タイムがあると、館内放送が流れる。水からあがって台に乗っているアザラシに、まず飼育員が餌をあげて、やりかたの説明をしている。子どもたちが並び、魚をアザラシの口に入れていく。首を上げるアザラシの、頭から背にかけてのうつくしい曲線と、ウエットスーツのようななめらかな皮膚に、またしても私は見入る。撮影タイムには、直純と一緒に並んで、飼育員にスマートフォンのシャッターを押してもらった。

アザラシ館を出ると、「ちょっと休もうか」と直純が言い、私たちはカフェテリアに向かう。ビールを買ってプラスチックのテーブルに着く。プルタブを開けるより先に、十分後にマリンスタジアムでイルカのパフォーマンスがはじまると放送が流れる。またしても来場者たちがそちらに移動していく。

「いく？」私が訊くと、

「いこうか」直純は立ち上がる。「ビールを買い足していこっかな」と、売店に向かう。

マリンスタジアムは巨大なプールで、側面がガラス張りになっていて、水中も見えるようになっている。客席には私たちを含めて十五、六人ほどしか人がいない。館内にいる人でイルカパフォーマンスを見ない人はいないだろうから、これが今の時間の総来場者なのだろう。あまり人気がないのか、それとも十二月の寒い日だから空《す》いているのだろうか。午後になったらもっと人はやってくるのか。そんなことが気になってしまうのは、席に着いた観客がまばらなせいで、どんどん気持ちが沈んでくるからだった。重たい曇り空、灰色の景色、まばらな観客、イルカの登場を迎えるまばらな拍手、全体的にいけてない雰囲気は、私たちそのものであるように思えるからだった。

イルカたちは先ほどのゴマフアザラシよりずっとうつくしく、賢く、四頭、五頭と並んでみごとに動きを合わせてジャンプし、輪をくぐり、空中につられたボールに鼻タッチし、ダンスをするように後じさり、トレーナーを背に乗せて泳ぐ。観客の数に見合わないほど、質の高い多様なパフォーマンスの数々に、私も直純もいつのまにかのめりこんで見ている。見ているけれど、同時に、気分が沈んでいくのを止めることもできない。

イルカたちとトレーナーが去り、まばらな観客たちも席を立ち、波立っていたプールの表面がガラスのように静止しても、私も直純もその場を動かずにいた。ぷしゅ、と音をさせて直純は新しい缶ビールを開け、口をつけている。イルカも人もいなくなると、灰色の空の下、マリンスタジアムはずいぶんとさびれて見えた。私と直純の関係を、可視化してくれているように見えた。ビールを飲み干し、直純とのあいだにある一本を手に取り、プルタブを開ける。飲みたくもないのだけれど、そこにあるから飲む。

ビールを飲んでいなかったら、まだ高校生だと錯覚できるかもしれないと、馬鹿《ばか》げたことを案外真剣に思いついた。学校を抜け出して電車に乗って、遠くの町まできた高校生のカップル。どうとでもなる未来がたっぷりとあることに気づかずに、隣にいる相手のことなんて数年後には忘れてしまうかもしれないなどと思いつきもせずに、今日この瞬間に死んでもいいくらいしあわせだと思っている高校生だ。空が青か灰色かなんて気づきもせずに、水族館がさびれているなんて思いもせずに、人がいないことがさみしいなどと感じもせずに、昼になったら、教室で食べるはずだった弁当を広げて、おかずを交換しながら食べる。帰りに売店に寄って、ださいとも思わず、いつか捨てるとも思わず、イルカかアザラシのキーホルダーを揃《そろ》いで買って、たがいの鞄《かばん》につける。財布には帰りの電車賃ぎりぎりのお金しか入っていなくて、特急券を買えなくて各駅停車に乗って、窓の外がどんどん暗くなっていってもなんの心配もない。何度も振り返りながら手を振って別れて、それぞれの家に帰って相手のことを思いながら眠る。ビールがあればいいのにな、なんて一日のうち、いっときも思いつかない。ビールが飲めたらよかったのにな、なんて考えもしない。飲まなくても一日は充分たのしく過ぎていき、酔わなくても会話は尽きず退屈と思うこともない。

同じ大学に通っていた学生時代の自分たちより、会う可能性のまったくなかった高校生の自分たちのほうが、妙な現実味を持って思い浮かぶのが不思議だった。まったく飲まずに時間をともにしたことなど、ただの一度もないのに。

私はビールを飲む。飲みたくないけれどあるから飲む。高校生ではないから飲む。飲めば、ぬるくてもちゃんとビールの味がして、おいしいと思う。

「駅に戻って、昼ごはん食べようか。なんか海鮮的な」直純が言う。

「そうだね」私は言って、ビールを飲み干す。「バス乗る前にトイレいっておこう」

高校生ならトイレなんてとても言えない。大人になってよかった。酒が飲めてトイレにいくと言える大人になってよかったのだ。

無人のスタジアムに背を向けて、アザラシ館とペンギン舎を過ぎ、巨大水槽の建物に入る。ぱらぱらと人がいて、みんなぐるぐるまわる魚の群れを見ている。幼い子どもを連れた家族、高齢者のグループ、カップル、ダブルデートのような年若い四人組。水槽の青い光の前でだれも彼もが影みたいだ。

建物を出て、エントランスへと続く通路を歩く。両側に広がる凪《な》いだ海を見ると、通路の左手にイルカたちがいた。広い囲いのなかにいる。この海とさっきのスタジアムはつながっていて、出番を終えたイルカたちはここに戻ってくるのだろう。ここで練習したり、パフォーマンスを覚えたりするのだろう。

逃げちゃえ、と思う。さっきあんなに高く華麗なジャンプができたのだから、囲いを跳び越えるのなんてわけないはずだ。広い海に逃げちゃえ。心の内で語りかけるが、イルカはこちらをちらりと見ることもなく、じっとしていたり、泳いだりしている。

バス停の時刻表を見ると、バスがくるまでに三十分ほどあるので、売店に入った。

「おみやげに買っていってあげたら」と、イルカのぬいぐるみを手に取って渡すと、「そんな年じゃないし」と直純はそれを棚に戻す。主語を言わなくても通じる。

「え、まだ小学生でしょ」正確には何歳かわからないながら、言うと、

「いや、もう中学だし」と素っ気なく言って、興味もないだろうに金目鯛《きんめだい》せんべいの箱を手に取ってしげしげと眺めている。

「じゃあ私に買ってよ」直純が棚に戻したイルカをもう一度手に取って押しつける。

「マジか」つぶやいて、直純はおとなしくそれを持ってレジに向かう。レジで、スタッフの女性にイルカのぬいぐるみを渡し、背を丸め、ズボンの尻ポケットから財布を取り出す中年男を私は眺める。財布をのぞいている彼から目をそらし、ぶらさがっているキーホルダーを眺め、意味もなく値段を確認していく。

「はいよ」と声をかけられて振り向くと、直純がリボンのかけられた包みを差し出している。

「プレゼント用にしてくれたんだ」ちょっと意外だと思う気持ちがそのまま口をついて出る。

「だってプレゼントだし」

「ありがとう」礼を言って受け取る。うれしいのは本当だったが、リボンのかけられ

た大きな包みを持ち歩くのは恥ずかしくもあった。

　私たちは売店を出てバス停に向かう。バス停前のベンチに並んで座る。空は灰色のままだ。

「日帰り温泉って駅から徒歩？」

「一時間おきに送迎バスがある」

「じゃあ送迎バスの時間を確認してから昼飯だな」

「だな」同意するが、なんだか温泉にいくことができない予感がする。山の上の寺院にいけなかったように、何かがあって、そこにはたどり着けない気がする。「お昼ごはんで飲んじゃって、温泉いくの面倒になるかもね」たどり着けなかったときにがっかりしたくなくて、私はそう言う。

「それもまたよし」のんびりと直純が言う。

　バスがやってきて、降車場で停まる。案外大勢の人が降りる。子どものはしゃぐ声と泣きわめく声と、父親の叱《しか》る声と老人の怒鳴る声が、曇り空の下に響く。乗客をすべて降ろすと、バスは私たちの前にやってきて停まる。きたときと同じ、後方の二人がけの席に着く。ほかに乗りこむ客はない。時刻表に記載されていた時間きっかりに、バスは私たちだけを乗せて走り出す。見慣れないのによく知っているような光景のなかをバスは走る。まばらな民家、空き地、何かの工場、シルバーカーを押して歩くおばあさん。

　大人になったら賢くなるはずだと思っていたけれど、そんなことはないと知った今、老いれば執着や嫉妬《しっと》や愛欲がなくなることも、ないのだろうとぼんやりと思う。直純とのあいだにある、ラブともライクともつかないものがいっそ消えてしまって、たんなる酒飲み友だちになれればいいとも思うけれど、そんなさわやかな結末に向かうはずもないとも思う。

「もし、さ」私はひとり言のようにつぶやく。うん、と前を向いたまま直純は相づちを打つ。「もし私たちのどちらかが酒断ちするはめになったらさ」

「深刻な依存症とかで？」

「いや、いろいろあるじゃん、肝硬変とか肝臓の病気とか。病気じゃなくても、そうしなきゃいけない事情ができたり、断ちたくなったりとか」おお、とも、ああ、とも聞こえる声で直純はうなずく。「そしたら私たち、もう会わなくなるかな」それとも高校生のカップルみたいに、酒を飲まずに会うのかな。それは言わない。

「断たなきゃならないようなことに、なりたくないけどな」ぼそりと直純は言う。

　酒断ちしなければならないときを待たずとも、もし予感のとおりに温泉にたどり着けなかったら、十三年前みたいに直純断ちをしてみようかな、とふと思う。ぞっとするほどさみしいけれど、もしかしたら、またれかを好きになるかもしれない。一分一秒でも一緒にいたいほど熱い気持ちに、またなるかもしれない。……と自分を鼓舞するように思ってみるが、そんなことが起きる気がまったくしない。途方に暮れた気持ちで、窓の外の、鈍く沈んだ町並みを見る。並んで座る私たちの姿が窓ガラスに薄く映っている。前を向いて座る直純と、リボンのかけられた包みを膝《ひざ》に乗せた私と。私だけではなく、直純も途方に暮れているように見える。そんな自分たちから目をそらし、スマートフォンを取り出して、「海鮮海鮮」とわざとらしくつぶやきながら、飲食店を検索しはじめる。

その指で

島本理生

島本理生（しまもと・りお）
1983年、東京生まれ。2001年「シルエット」で群像新人文学賞優秀作、03年「リトル・バイ・リトル」で野間文芸新人賞、18年『ファーストラヴ』で直木賞を受賞。ほかに『生まれる森』『ナラタージュ』『Red』『夏の裁断』など著書多数。

夜勤明けで戻ってきて、玄関のドアを開けたら、廊下のシンクの上にビール缶が律《りち》義《ぎ》に三本並んでいた。ああ、来ていたんだな、とどこかほっとする。

フラットシューズを脱ぎ、いそいで化粧を落とす。すっぴんよりも洗顔中の横顔を見られるほうがなぜか恥ずかしい。

部屋に入っていくと、案の定、黒谷《くろたに》さんはソファーで丸くなって毛布一枚だけ掛けて寝ていた。厚手のタイツを穿《は》いていても薄ら寒いというのに、暖房もつけていない。何度泊まっても、この立派な体をシングルベッドに滑り込ませない礼儀正しさを少し恨めしくも思いながら、暖房を入れて後ろ向きで着替えているときに、ごそっと起き出す音がした。

振り返る前に、背後から抱きすくめられる。ほのかに炭の匂《にお》いがした。

「おつかれさまです」

年上の黒谷さんに言われて、そちらこそ、と太い腕の中で答える。下着姿のときにそんなことをされて、そのまま抱き合うのかと思ったら、黒谷さんは腕をすっと下ろした。

「飯食いますか? 俺、作るよ」

朝日に少し眩《まぶ》しそうにしかめ面《つら》して、言った。ありがとう、と私は答えて、頭をトレーナーに押し込んだ。

黒谷さんが作ってくれたお粥《かゆ》には厚焼き玉子とキムチが添えてあった。土鍋《どなべ》も小皿も彼の窯《かま》で焼いたものだ。深く艶《つや》やかな黒地に、力強い金色の曲線。黒谷さんの作品は、黒谷さん自身の雰囲気とよく似ている。

「昨日、夕飯、なに食ったの?」

黒谷さんが窓辺に立って、青空を見ながら訊《き》いた。シンプルな黒いセーターに包まれた体は上背がある。

「餃子《ぎょうざ》」

「あなた、本当に好きだな」

「多いんだもん。餃子屋」

看護学校時代にお世話になった先輩から人手不足のSOSを受け、宇都宮市内の病院に異動してきて、もうじき一年が経《た》つ。

黒谷さんとは、彼の窯が地震で崩れて火傷《やけど》で入院したときに出会った。もっとも、ちゃんと話したのは退院した後だったが。

私の住むマンションから車で三十分ほど走った裏山に、彼の工房はある。もともとはお父さんが作った窯だというが、ご両親が他界した今、彼が一人きりで跡を継いでいた。

無精ひげを蓄えた顔はどことなく少年臭いが、実際には中年と呼ばれる、ど真ん中の年齢だ。

「次の出勤いつだっけ？」

黒谷さんが訊いたので、私は、あさって、と即答した。

「だから、今日は一緒にどこか行かない？」

「その前に寝なさい」

あっさりといなされて、不服を唱えつつも食器を流しに出してベッドに入ると、彼が洗ってくれる物音をＢＧＭにして眠りに就いた。


雨に降られてコンビニに飛び込んだのは夏のことだった。

ガラス扉を開けて酎《ちゅう》ハイの缶を掴《つか》もうとしたとき、すっと背後に人が立った。

振り向くと、黒谷さんだった。名前に似合う黒いポロシャツを着ていた。

どうもご無沙汰《ぶさた》です、と笑った顔に少し不意を突かれたのは、入院中には愛想がない人だったという印象を持っていたからだ。

「夜勤明けですか？」

と訊かれて、はい、と頷《うなず》いた。私の横顔はもしかしたら少し濡《ぬ》れていたのかもしれない。

「その節は、本当に病院の皆さんにはお世話になりました」

「いえいえ。黒谷さんは、今日はもうお仕事帰りですか？」

「はい。この近くの森カフェでいくつか置きたいって言われて、数も少ないので送るのもなんだなと思って、自分の車で納品してきたんです」

「そうですか」

と私は言った。綺麗《きれい》に切りそろえた黒い短髪が視界に入り、少しだけ、昔に祖父や父が見ていた日活だか松竹だかの映画俳優を思い出した。

「いい昼酒を。俺も、もう今日は一段落です」

黒谷さんは冗談めかすと、缶ビールを掴んだ。きっとこれから帰って飲むんだ、と思ったとき、自分でも思いがけない言葉を口にしていた。

「良かったら、ご一緒しませんか？」

黒谷さんは本気で驚いていた。

正直に言えば、彼より一回り以上も若い独身看護師に誘われて断りはしないだろうという算段は多少あった。

「や、それは嬉《うれ》しいけど、でも彼氏とかに叱《しか》られないんですか？」

という慎重な言い方に私も少し安心を覚えて、いませんから、と答える。

少しだけ間があってから
「なにか、飲みたいようなことがあったんですか？」

と返されたので、はい、と私は思わず力強く頷いた。

「くそみたいな既婚の医者に口説かれて、逃げるのが大変でした。ああいうの、断る側に責任を丸投げですよね。こっちは同じ職場だから多少気も遣うし。本当に、迷惑」

と愚痴ると、黒谷さんは険しい顔で納得したように頷いたのち
「そういう下半身ふくらませた男がたくさん寄ってくるだろうから、若い女性は大変だな」

と言い放った。

憂鬱《ゆううつ》がいっぺんに飛んで、あはは、と私が声をあげて笑うと、黒谷さんも困ったように笑って
「すみません、品のないこと、言いました」

と謝ったので、私は首を横に振った。

「表現が的確すぎて」

「そうか」

「そうです」

話はそこで終わるかと思ったが、黒谷さんが私の分の缶酎ハイを抜き取って、自分のカゴに入れた。

「どこで飲みますか？　うちの工房でもいいけど、飲んだら帰りに車で送っていけないから、どうするかな」

会計を済ませると、自動ドアの向こうは激しい雨で、景色がけぶっていた。

ひんやりした空気の中、見下ろした黒谷さんの手はぶ厚くて、かすかに焼けているようだった。陶芸家の手というのはこんなにたくましいのかと意外に感じた。

「うちでも、いいですよ。明日は休みですから」

黒谷さんは私の体を値踏みするように見たり、はしなかった。

ただ眉《まゆ》を顰《ひそ》めて
「いいの？　や、べつになにもしないけど。知らない男を家に上げて、ご実家のご両親が心配しますよ」

と忠告をしたので、私はまたなんだかおかしくなって笑った。

「大丈夫です。両親はいませんから」

つい本当のことを言ってしまうと、一瞬だけ黒谷さんの目にはっきりと分かるほどの情と優しさが滲《にじ》んで、それからのことは酔って覚えていない、ことはもちろんなくて、私は見慣れた室内で一対一になった彼に正しく欲情したのだった。

その翌朝に目を覚ますと彼はいなくて、連絡先が綴《つづ》られた置手紙が残されていた。黒谷さんが洗ったビール缶と酎ハイの缶だけがきっちり六本シンクに並んでいた。

夜中に、病院に来たばかりの安井先生がカルテを書いていたので、ちらっと見た私は
「なんですか、そのボールペンは」
と噴き出した。キャップのところに大きないくら軍艦が付いている。

「あ、や、寿司《すし》好きなんです。実家が築地だったんで。今は豊洲《とよす》の移転で畳んじゃいましたけど」

「へえ、仲買さんとかですか？」

と私が尋ねると、彼はあどけない笑みを浮かべて
「そう、詳しいですね」

と返した。

「えっと」

「牧野です」

「牧野さんは、ご実家は？」

私は、と言いかけて口ごもる。彼が真顔になったので、いい人だなと思った。

「たぶん、海のむこうです」

え、と彼が言いよどんだ。

「母は中国人で、父との結婚で日本に来て、でも父が死んですぐに国に帰っちゃったみたいで。私は父方の祖父母に育てられたので」

彼はしばらくなんと答えたらいいのか分からないという顔をしていた。その戸惑いの分だけ、若さを感じた。

ようやく口にした台詞《せりふ》が「中国の女性って、綺麗な人が多いですよね」だったので、私は苦笑して

「人によるんじゃないですか」

と返した。彼も、そうですね、と苦笑した。口が上手《うま》くないところに好感を抱いてから、そういえば黒谷さんは私が打ち明けたときになんと言ったんだったか、と考えた。

その日はやけに診察室や廊下で安井先生と目が合った。

休日の昼に森カフェでピラフを食べた。会計をしてから、展示してあるお皿を眺めていると、カフェのマダムが話しかけてきた。

「黒谷さんの作品、人気があるんですよ」

彼と作品という言葉が上手く結びつかず、それでも評価されていることは嬉しくて、そうなんですね、と相槌《あいづち》を打つ。

「陶器は一つ一つ違うのが味だなんて言いますけど、黒谷さんの場合は見事なくらいに同じ形に揃《そろ》えて仕上げるので、飲食店の方がセットで買っていかれることが多いんですよ。轆轤《ろくろ》がお上手なんですよね。黒い釉薬《ゆうやく》を使った作品はほかにもありますけど、

黒谷さんのはその中でも薄くて端正で、私もとても好きなんです」

身内のように話すマダムに、私は少し複雑な気持ちになりつつ笑顔を作った。ほっそりとした顎《あご》に整った鼻梁《びりょう》、きめ細やかな肌。若い頃はきっとすごく綺麗な人だったのだろう、と思いかけて、黒谷さんの年齢を振り返る。彼にとっては、このマダムはまだ十分に「綺麗な人」なのかもしれない。

帰ると、黒谷さんがマンションの下で待っていた。この寒さなのに、身軽なウィンドブレーカーだけを羽織っていた。

彼が片手の紙袋を見せながら

「傘立ての下の合鍵《あいかぎ》がなかったから、ドアに掛けておくか迷いました」

と説明した。そういえば傘立てを洗ってベランダに干したままだったことを思い出す。

「メールしてくれればよかったのに」

と私が言ったら

「メールの打ち方とかよく分からないし、苦手なんです。作陶後に目が疲れるようなことも極力避けたいしな」

と説明された。さくとう、という最初は耳慣れなかった単語も今ではすっかり馴染《なじ》んだ。

「それなあに？」

と尋ねたら、中身を見せてくれた。タッパー越しに八角《はっかく》が香った。

「家で作った角煮と茹《ゆ》で卵。夕飯にでも食って。ご飯ある？　ないなら、炊《た》こうか」

マンションの階段を上がりながら
「黒谷さんの年齢の男の人で、こういうことをしてくれるって珍しいですよね」

と呟《つぶや》くと、彼は苦笑して
「まあ、器用なだけが、取り柄の仕事ですから」

と答えた。

「あ、さっき森カフェに行きました」

「え、本当？　絵未子さん、元気だった？」

カフェのマダムを名前で呼んだことが気に入らず、押し黙る。

「あの人、俺が通ってた高校の一個上だったんだ。当時からよくモテて、結局、学年で一番賢い先輩と付き合って、そのまま結婚したんだよ」

「それでどうしてカフェを？」

「お父さん亡《な》くなって、空いた家を売って手放したくないからって。地元を盛り上げたいって気持ちもあっただろう。昔から親孝行で優しい、いいひとだったな。自分の親の介護だって熱心にやってたし」

「介護なんて、私だって毎日のように似たことをしてるし、親と一緒にいられただけ、いいよね」

とっさに言ってしまってから、嫌な気分になった。返事がないのでドアの前で振り返ると、黒谷さんは優しい目をしていた。

肩にそっと手を置かれたので、私が出しかけた鍵をポケットに戻して
「付き合ってもいないのに、当たり前のように部屋に来るの変じゃない?」

と言ったら、彼は、ん、と真顔で納得したように頷いて、紙袋を差し出した。

「食って。あと、体少しやすめなさい」

そして踵《きびす》を返そうとしたので、私は半ば焦《あせ》って怒鳴った。

「帰れなんて言ってない!」

「どっちだよ」

と振り向いた顔は笑っていた。

暗がりでTシャツを着ようとした肩を見て
「怪我《けが》したところ、経過はどう?　ちゃんとステロイド薬塗ってる?」

と私は尋ねた。たくましい背中には赤くふくらんだケロイド状の傷跡が残っている。

「や、正直、自分だと塗りにくいし、もうこの年齢で男だったら、残ってもいいよ」

と言われたので、私は眉根を寄せた。

「だめだって。ケロイドはちゃんと治さないと年月経ってから広がるんだから。薬持ってきてないの？」

彼が黒いリュックを指さしたので、取ってくるように言った。

チューブから出したステロイド薬を綿棒につけて、傷をなぞるように塗った。白いベッドの上。なめした革のように、綺麗に張り詰めた背中。筋肉がちゃんとある人の皮膚だった。

時々、私は分からなくなる。異性としての彼に惹《ひ》かれているのか、彼の中の父性のようなものに憧《あこが》れているのか。

愛の言葉を口にしたりしない男の背中は、どんなに近くても、遠い。

塗れた、と告げると、彼は、ん、と答えてあっさり服を着ようとした。引き留めるようにして、その首筋に唇を寄せる。

黒谷さんはしばらく考えるようにして黙ったのち
「二回はできないよ。歳《とし》だから」

と言ったので、私は
「べつにそんなこと頼んでない!」

と笑って怒った。私の声が彼の体に響いて、かすかに振動したのが伝わった。互いに調律に失敗した楽器のような声を行き来させてから、同じベッドで眠ったら、二人でいる夢を見た。

洞窟《どうくつ》で土を溶かしたような湯に浸《つ》かっていた。木の葉や小石が浮かび上がり、どろりとした肌触りは汚いとも心地良いとも言い切れなかった。ただ、気を許せない、とは思った。一滴も侵入させないように体を強張《こわば》らせた。黒谷さんだけが当たり前のような顔をして泥をまとっていた。

翌朝、先に目覚めて、洗面台で化粧水をつけた。

手のひらを見て、そういえば化粧水だって染《し》み込んでいくものだと気付く。入浴剤を入れた浴槽の湯やコンビニのお弁当だってなんだって科学の力が加えられたものが体内に侵入していくのに、私は当たり前のように気を許していた。でも、ただの土にはあんなに抵抗するのだ。

向かい合って食事する黒谷さんの手を見て、私は訊いた。

「土が怖いと思ったこと、ない?」

「怖い？」

「うん。なにが混ざってるか、分からないから」

「や、自分で採ったり、買ったりして、生成してる土だから、怖いってことはないな。子供のときから土いじりしてたしな。ああ、でも気温や天気なんかで感じが変わるのは、ちょっと生き物みたいで面白いけど」

　私はみじかくまばたきした。

「そっか。黒谷さんが生きているからこそ、中に入ってくると、少し不安な感じがするんだ」

「朝からなに言ってるの、あなたは」

「私のこと、どのくらい真剣に考えてくれてる？」

と尋ねたら、黒谷さんはふいに姿勢を正した。

「いいよ。俺は、暇なときに呼ばれるくらいで」

「私が都合よく呼んでるような言い方しないでよ」

「十年も経って、あなたがいないと困るようになった頃に、こんな年寄りの面倒見るだけの結婚なんて失敗したと思われるのは、嫌だよ」

　交際しているかもあやふやなのに結婚などと当たり前のように言われて面食らった。

数秒ののち、そうか、これが年齢差というものかと実感したら、初めて躊躇《ちゅうちょ》した。たしかに私には目の前のことだけ考えられる時間があるけど、黒谷さんは違うのだ。出勤前にバッグの中身を点検していたら、届いていたメールに気付いた。安井先生だった。食事に行きたいです、という誘いの後に、いくつかのお店候補が丁寧に綴られていた。正式に誘ってデートするってこういうことだったな、と思い出す。黒谷さんには、そういえば一度もしてもらったことがない。

外科や整形外科よりも内科の医者のほうが奥手で落ち着いていることもあり、私は出勤のない日を安井先生にメールした。

回転する土の塊に親指を入れて、そっと、そっと均一になるように広げていく。

「変に力を入れると、ぐにゃっとなるから。そう、ゆっくり、ゆっくり外側に開いていく」

見下ろして言葉をかける黒谷さんに従い、私は集中した。石油ストーブが足元を照らしているとはいえ、窓がたくさんある工房内は風が抜けて、ひどく寒かった。腰掛けている小さな木の椅子《いす》も冷たい。

ようやく湯飲みにちょうどいいサイズになったと思っていると

「焼くとだいぶ縮むから。もう少し大きいほうがいい」

と言われて、ふたたび息を止めた。

まだ土色の湯飲みは少し歪《ゆが》んでいたけれど、飲み口は薄くて、初心者にしては
「筋がいい」

と誉《ほ》めた。黒谷さんが、慎重に棚に運んだ。しばらく乾燥させてから窯に入れるという。

「釉薬は何色がいい？　黒でも白でもいいよ」

「じゃあ、白」

と私は即答した。黒谷さんの黒い作品と、ちょうど対みたいになればいいと思った。

工房の窓へと視線を向ける。冬の日差しの中、鳥がさえずっていた。小川の流れる音もする。

「黒谷さんのお父さんって、どんな人だったの？」

と私は尋ねてみた。

「静かな人だったよ。酒が好きで、だから酒器にはとくに力入れてたな。俺が結婚したら贈るって言って、見事なお猪口《ちょこ》二つ作ってくれてたのに、結局、地震のときに倒れた棚の下敷きになって、粉々に割れた」

「そんな品があったの？　残念だったね」

と私は言った。

「すごかったよ。基本的にこのあたりの益子《ましこ》の土はそんなに強いわけじゃないから、よその土とあれこれブレンドして、ぎゅうと固く焼き締めて。渋い素焼きに、びっしり敷き詰めるように描いた桜の花びらが、酒を注ぐと揺れてるみたいに見えて。俺はあんまり絵心がないし、細かい性分でもないから、ああいうのは作れないなって今でも思います」

黒谷さんはそう謙遜《けんそん》したが、私は森カフェでマダムから聞いた話を思い出し、むしろわりと似た性質の親子だったのかもしれないな、と考えた。

黒谷さんは轆轤の前に座り込むと
「ちょっと大量の注文来てるから、あと三十個くらい作ります。暇だったら、散歩でもしてて」

とそっけなく言ったので、私は訊いた。

「終わったら、たまには外でご飯でも食べない？」

「え、だっておでん作っちゃったよ。それに金もかかるし。行きたいなら、あなた一人で行ってきてもいいよ」

なんだか悲しくなって、一拍遅れて、鼻の奥が痛くなった。

彼がうつむいているのをいいことに私は強く鼻をすすってから、ねえ、と呼びかけた。

「今度、内科の若い先生がごはん食べに行こうって」

黒谷さんは黙ったまま土の塊をぐうっと広げた。私のときとは違って、一瞬で開いた。

「新しくできたフレンチのお店に行って、駅前の一番いいホテルのバーで飲もうって。どう思いますか」

彼が遮るように立ち上がり、出来上がった湯飲みをタコ糸で轆轤から切り離して、違う板の上に乗せた。

それから三百六十度眺めて
「まだまだ、修行が足りないですね。俺も」

と独りごちた。

「どういう意味？」

「ごめん。仕事中だから、帰って」

いつになく真剣な声で言われて、息が詰まりそうになった。

分かった、と私は仕方なく答えて、スマホでタクシーを呼んだ。

工房の前に到着したタクシーに乗り込むと、妙に目頭が痒《かゆ》くなった。こすっていると、運転手さんの付けたカーラジオから今日は黄砂が飛んでいるというニュースが流れて、まだまだ寒いと思っていたけれど春が近づいていることを知る。

遥《はる》か海のむこうからやってくる黄砂を感じるとき、私は同じように海を渡って帰っていった母を思い出す。本当に小さな頃、台所からよく香っていた八角も。

ミラー越しにこちらを見た運転手さんが
「お嬢さん、なんだか、雰囲気のあるお顔をしてますね。日本の方?」

と訊いたので、泣きそうになりながら笑って、半々です、と答えたら思い出した。黒谷さんにその話をしたときのことを。

深く入り込んでくる最中に、頑丈そうな上半身を仰ぎ見ながら、私は母のことを打ち明けた。すると彼が真顔のまま
「じゃあ、これも異文化交流ですね」

と言ったのだった。

私は噴き出して
「馬鹿《ばか》じゃないの」

と笑った。

その晩の黒谷さんはキスの痕《あと》をたくさんつけた。足りない言葉の代わりに、あなたはどこにも行くなとでも言うように。


フランス料理には行かなかった。

安井先生はちょっとショックを受けたみたいだけど、すぐにべつの看護師を誘っていた。私がなぜそれを知っているかといえば、彼女が吹聴《ふいちょう》したからだった。

そのお店が私を誘ったお店とまったく同じだったので、若いな、とやっぱり心の中だけで思った。

その日は朝からの勤務で、引継ぎの連絡確認をしているときに
「そういえばナースステーションに届け物がありましたよ」

彼女は夜勤明けでもまったく化粧の落ちていない眉を軽く持ち上げて、言った。

手渡された紙袋の柄を見て、はっとする。モスグリーンのストライプには見覚えがあった。たしか森カフェのものだった。

開けると、真鍮の指輪が入っていた。鈍い金色の台座に透明な石が嵌《は》め込まれてる。

左手の薬指に嵌めようとしたら、大きかった。中指でもゆるく、人差し指でぎりぎり

だった。

サイズぐらい考えなよと思いながらも、その不器用さや、ゴールドでもプラチナでもなく真鍮というところがあまりに黒谷さんらしかった。

中には手紙が入っていて、彼の印象がちょっと変わるほどの達筆だった。

「食事の誘いを断ったお詫《わ》びです。黒谷」

という文面も、染みた。

日勤を終えると、私はすぐに更衣室へ駆け込んで着替えた。

病院の前の暗がりでタクシーを拾った私は、運転手さんに工房の名前とだいたいの位置を告げた。彼がナビに入れても出てこないというので

「分かりました。近くなったら歩きます」

とだけ早口に告げた。

闇《やみ》にまぎれて道をなくした山でも、黒谷さんの工房はすぐに分かった。乾燥した空気に紛れ込んだ炎と炭の匂い。土を踏んで坂道を上がっていく。

私はほっと息を吐き、痺《しび》れるように冷えた手で木戸を押し開けた。

黒谷さんの力強い、はいっ、という声が奥から聞こえた。

裏庭の登り窯にたどり着くと、彼がパイプ椅子から立ち上がった。分厚いダウンジャケットを着込んで、軍手をしている。

寒さが染み込んできて、窯に照らされた額だけが熱かった。

私が人差し指に嵌めた指輪を見せると、黒谷さんが小さく頷いて
「いらっしゃい」

ともう一脚パイプ椅子を開いた。私はお礼を言って腰掛けた。

彼が落ち着いた声で
「こんな寒い晩に来て。風邪ひいたら、どうすんの。窯なんて一晩中焚《た》くのに」

と咎《とが》めた。

「だって、連絡くれない人がいるから」

私がこぼすと、彼は軽く黙ってから、すみません、と素直に謝って、家の中に入ってしまった。

しばらくして、戻ってきた彼が手にしていたのは漆のお盆だった。土瓶にお猪口、七味とマヨネーズを添えたエイヒレの小皿が載っている。

「熱燗《あつかん》。ちょっと、飲みな」

そう言って、注いでもらった。黒地に白い釉薬がとろりと垂れたお猪口だった。お

酒でじわりと温まる。胃に染みて、心まで開いていくようだった。

「寂しかったです」

私が告げると、黒谷さんは険しい顔にふっと情を灯《とも》した。

「だから、若い女性は、若い男の子と一緒になったほうがいいよ。今時メールもすぐに返せないような男なんて相手にせずに」

「メールが返せないって、どうせずっと窯焚いてるだけじゃないですか」

腹が立って揶揄《やゆ》すると、黒谷さんも反論した。

「だから、一週間もこうやって窯にくっついてる間、ホテルのバーだのフランス料理だのには行くな、なんてつまらないこと言えないだろ」

「言えばいいじゃん」

「じゃん、とか、言わない。女の子が」

今時のフェミニズムとか男女平等を無視した説教は奇妙に優しくて、私はエイヒレを口にくわえた。七味がきいていて、炙《あぶ》ったのか、ほんのり焦《こ》げた香りがいい感じだった。名前も知らないソースのかかったフランス料理よりもきっと美味《おい》しいと思った。

昔、死んだ父が石油ストーブで炙ってくれた干し芋を思い出した。

それを伝えたら、彼が残念そうに

「本当は、親父《おやじ》のお猪口だったらよかったけどな。割れた桜のお猪口、あなたに見せてあげたかったから」

とこぼしたので、思わず顔がほころぶ。

窯に向き直った黒谷さんに、私は気になっていたことを尋ねた。

「ねえ、この指輪、私のどの指に嵌める想定だったの？」

しばしの沈黙の後、彼は窯から目をそらさぬまま、薬指、と小声で答えた。

これがいいんだ

燃え殻

燃え殻（もえがら）
1973年、神奈川県生まれ。都内のテレビ美術制作会社に勤務。2017年、ウェブサイト「cakes」での連載をまとめた『ボクたちはみんな大人になれなかった』で小説家デビュー。ほかにエッセイ集『すべて忘れてしまうから』『夢に迷って、タクシーを呼んだ』などの著作がある。

昔、家族で泊まった温泉宿に、ひとり泊まりに来ている。フロントの横にあるお土産コーナーはダサいまま健在だった。怖いくらい愛想がいい女将《おかみ》さんのことは、憶《おぼ》えていなかった。通された部屋は、実家の土壁のような匂《にお》いがする。黄ばんだ水墨画の掛け軸が飾られていて、誰もが記憶の中で知っているような典型的な温泉宿の一室だった。窓側には、いかにも年代物といった感じの木製の椅子《いす》がふたつ、小さい丸テーブルを挟んでゆったりと配置されている。荷物を部屋の隅に置いて、僕はその椅子に座ってみた。東京でのあらゆる人間関係、気遣い、約束事などを一旦《いったん》横に置くかのように「ふー」と大きく息を吐く。その時、向かいの椅子に、かつて父が座ったことをふと思い出した。

「にがっ」

僕はそのとき、人生で初めてビールを一口飲んだ。

まだ小学校の低学年だった僕に、浴衣《ゆかた》姿の父はニマニマと笑いながら「これがいいんだよ」とグラスに残ったビールを一気に飲み干した。僕はそのことがあったからか、ビールの味が今でも苦手に感じて、この年までほとんど口にしたことがない。

「今日は見えないですけど、この部屋からですと、左のほうに富士山が見えるんですよ」と仲居さんがお茶の支度をしながら言う。その言葉にもどこか懐《なつ》かしさを感じた。もしかして家族と一緒に来た時も、同じような言葉をかけられたのかもしれない。

僕は二泊三日でこの宿に泊まって、原稿の遅れを取り戻そうとしていた。原稿書きの旅に出るなら温泉宿がいいと考え、どうせなら家族で泊まった宿がいいと思った。別に家族愛に満ちた人間というわけではない。一度行った場所に、何度も行きたくなる習性が昔からあった。犬が毎日同じ散歩のルートを好み、同じ電信柱におしっこをひっかけるみたいなものかもしれない。

僕が働いているテレビ美術制作の会社は、六本木の雑居ビルの一室から始まった。今から二十年以上前のことだ。ワンルームに大の大人が四人、一年中ほぼ一緒に暮らしていた。それは言い過ぎだと言われそうだが、休みは二週間に一回の夕方休みしか許されていなかったので、「ほぼ一緒だった」といって過言ではない。仕事が終わる時刻は常に午前零時を超えていた。よって、だいたいみんなそのまま行き倒れのように床で寝ることになる。あまりに四人でいる時間が長く、その時代にほとんどの友人と関係が切れてしまった。もちろん女性とも強制シャットアウトだ。そこまでして打ち込むような仕事じゃなかったが、別に他にやりたいこともなかった。両親の口癖は、「とにかく普通にしてくれ」だった。しかし僕は、一般的な普通というものにどうにも馴染《なじ》めず、ことごとく期待を裏切る行動を繰り返し、今日まで生きてきてしまった。その六本木の雑居ビルは未《いま》だ健在で、その昔ベルファーレがあった場所の目と鼻の先にある。あの雑居ビルでの生活に良い思い出は一つもない。一つもないのに、なにかの用事で六本木に立ち寄ることがあると、吸い寄せられるようにその雑居ビルの前まで行ってしまう。ビルの横には駐輪場があって、その昔、僕は原付バイクを停めていた。その場所をこの間、確認してみたら、折り重なるようにボロボロの自転車が不法投棄されていて、ゴミ山と化していた。随分と時間が経《た》ったんだなと思った。きっとまたしばらくしたら、僕はその六本木の雑居ビルを覗《のぞ》きに行ってしまうだろう。過去にしか自分の居場所がない気がしているのかもしれない。

仲居さんにお茶を入れてもらって、少しだけ言葉を交わした。昔、この宿に泊まったことがあるんですよ、と告げてみた。「あら、こんな何もないところに」と謙遜《けんそん》するように言っていたが、本当に辺りには何もなかった。ネットの記事でこの宿の評判を確認してみると、「大浴場が小浴場だった」と悪口が一番上に書き込まれていた。

「飲み物は、冷蔵庫の中に入っておりますので」

仲居さんは確認するように一度、冷蔵庫を開けて中を見せ、この旅館が独自に作っているサイダーの売り込みにも余念がなかった。

「それではごゆっくりお過ごしください。何かありましたら内線9番までお願い致します」

そう言って仲居さんが襖《ふすま》を閉めた。

僕は浴衣に着替えて、改めて小さな冷蔵庫を開けてみる。キンキンに冷えた旅館名物のサイダーが四本並ぶ横に、瓶ビールが一本横たわっていた。懐かしさもあって、手にへばりつきそうな冷たさの瓶ビールを冷蔵庫から取り出し、栓抜きですぽんと栓を抜いてみる。掠《かす》れた三ツ矢サイダーのロゴが印字されたグラスに、コポコポコポとビールを注いだ。窓の外を見ると、曇り空から一変、茜色《あかねいろ》に染まった空が広がっていた。グラスの泡がひと段落したところを見計らって、もう少しだけビールを注ぎ足してみる。そして冷えたグラスを持って、黄金色の液体をまじまじと眺める。そして、あの時の父のようにグイッと、喉《のど》で味わう――。

「にがっ」

思わずあの時と同じ感想が漏れる。ただその苦さが、たまらなく旨《うま》かった。

「これがいいんだ」

僕は独りつぶやいて、グラスに残ったビールを一気に飲み干した。

シネマスコープ

朝倉かすみ

朝倉かすみ（あさくら・かすみ）

北海道生まれ。２００４年に「肝、焼ける」で小説現代新人賞を受賞。09年に『田村はまだか』で吉川英治文学新人賞、19年に『平場の月』で山本周五郎賞受賞。ほかに『遊佐家の四週間』『乙女の家』『満潮』など著書多数。

そのむかし、たいていの戸建てには穴が開いていた。横長の長四角で、レトロロボットの口に似ていた。鉄のフタが下りていたが、上部のみネジ留めされたパタパタ式なものだから、容易に手を入れられた。

穴は、わたしの家にも開いていた。ごたぶんに漏れず玄関ドアの横にあった。内側から見ると、下駄箱の少し上に位置した。ゆえに郵便屋さんの配達した手紙は、下駄箱の天板に滑り出た。埋め込みタイプの郵便受けなのだった。

わたしは六歳になるところだった。元気いっぱいの女の子で、あだ名はノンチー。「のんのんノンチー、のんのんノンチー」とこぶしを握った腕を大きく前後に振り、腕の振りに合わせ踏み出した足を、トンとかかとから下ろして胸を張り、また踏み出すという歩き方を好んでしていて、そうやって自宅周辺を歩き回った。そのようすがたいそう愛らしいと近所で評判をとり、あちこちの家の大人からチリ紙で包んだお菓子をもらったりした。「ちょっと上がっていっぷくしてかない？　あたし、こども好きなのよ」と腕を引っ張るようにして招き入れられ、カルピスを振る舞われることもあった。

四月に、幼稚園の年長に上がった。その直前の春休み、突如朝ドラにのめりこんだ。それまでドラマには興味がなかった。わたしがテレビに張り付いていたのはアニメと「おかあさんといっしょ」くらいで、「おかあさんといっしょ」に出てくる子ぶたの三男坊が世界でいちばん可愛《かわい》い生き物だった。ところが、なんの気なしに見た四月始まりの朝ドラの放映第一回目のしかも冒頭、女学校卒業のシーンでもって、ひっくり返った。朝ドラと、朝ドラに出てくるヒロインが世界でいちばんになった。広いおでこ、まん丸くりくり目玉。ヒロインの表情やしぐさのひとつひとつが染《し》み込むように可愛くて、可愛くて、わたしは何度もクーッと歯を食いしばった。

朝ごはんを食べると「ごちそうさま」もそこそこに食卓を離れ、テレビの前にすっ飛んだ。文字通りテレビの真ん前だ。正座し、彼女の登場を待ちわびる。わたしの後ろにはソファがあり、そこに祖母が座っていた。

母方の祖母だった。バスでしばらくかかるところにキジトラ猫と住んでいたのだが、少し前にやってきた。二階の客間で一晩寝たが、膝《ひざ》が悪くて階段の上がり下りがしんどいと一階の和室で寝起きするようになった。お薬も、着替えも、預金通帳も持ってきていた。母の手伝いにきたようだった。猫の世話は向かいの家の奥さんに頼んだと言っていた。

母はわたしの弟か妹を妊娠していて、産み月に入っていた。お腹《なか》はふくらんでいたが、普段通りキビキビとごはん支度や掃除や洗濯をしていた。祖母は「からだを動かさないとお産が重くなる」と言って、ほとんどなにも手伝っていなかった。今期の朝ドラに入れ込んでいた。舞台が祖母のふるさとだったからだ。亡《な》くなった夫も同郷だった。祖母の夫はわたしの祖父だが、早くに亡くなったせいでまったく覚えていない。

ドラマが終わると祖母は「あー伊予が懐《なつ》かしい……」とあらぬ方角を見やり、目をしばたたかせた。わたしはわたしで「はーかわいかった……」と両手で胸をおさえ、なぜかソファに座る祖母の膝にぐったりと倒れこんだ。今日びの言葉に当てはめると、ヒロインはわたしの「推し」だった。彼女はわたしの初推しだったのである。

ウチは王子さまみたいなひとと結婚するんよ。まん丸目玉をくりくりさせてそう宣言していたヒロインが髭《ひげ》の生えた無口な男と結婚式を挙げた日、わたしの春休みが終わった。バック・トゥ・キンダガーテン。八時十五分のバスに乗り、ドア付近に立ち、「ひらけゴマ、とじよゴマ」と大声で呪文《じゅもん》を唱えドアを開閉させた気になって四つ目のバス停で降り、そこから十分ほど歩いて登園する日々が始まる。

わたしは幼稚園が好きだった。白いつるバラのアーチをくぐると黒い頭巾《ずきん》をかぶった金色の眉《まゆ》のオデリヤ先生が微笑《ほほえ》んで声をかけてくれ（「グッモーニン、ノンチー、今日モ元気デスネ」）、サルビアやシャスタデイジーの咲く中庭を進んで玄関に入ると、奥のほうで小山のように大きなゲウトラウデ先生がピアノで「乙女の祈り」を弾いていた。

季節によって花は咲いていたり咲いていなかったりしていたが、幼稚園の朝はおおよそこんなふうだった。どの朝もすてきだったが、わたしの面白かったのは快晴の夏の朝だった。明るい外から屋内に入ると、一面真っ暗で、目を閉じているのか開けているのか分からなくなる。幼稚園の玄関でも夏はたまにそうなった。まず奥のほうからピアノの音だけ聞こえてくる、だんだんと、猫背でピアノを弾く小山のように大きなゲウトラウデ先生のかたちが暗がりから浮かび上がる、たまらなく面白かった。

朝ドラもたまらなく面白いのだった。とにかくつづきが気になった。次回からヒロインの東京での生活が始まるのである。「ナントカじゃのぅ、ナントカなんよ」とお国言葉しか話せぬ、幼児のわたしの目からも垢《あか》抜けない彼女が、東京で新婚生活を送るのだ。

「まーアレだ、東京は生き馬の目を抜くところだしさ」

お正月だったと思うのだが、親戚《しんせき》があつまったとき、おじたちが四畳半で麻雀《マージャン》を始め、緑色のフェルト面にしたこたつテーブルでガチャガチャと牌《パイ》をかき混ぜながら、四人のうちのだれかひとりがそう言った。台所でおかんをつけている母に意味を訊《き》いたら、「おっかないところってこと」と教えてくれた。「じごくよりも？」と重ねて訊いたら、「まぁそんな感じ」とあしらわれたか、「今忙しい」と追い払われたかしたのだが、東京がおっかないところというのは、そのとき知った。

次回から、じごくのような東京でヒロインが暮らす——。気になるし心配だし不安だ。彼女はどんなかわいそうな目にあうんだろうか。たとえ絶体絶命のピンチになっても、わたしは、応援はおろか見守ることすらできない、それがせつなかった。テレビ番組の録画はまだまだ全然一般的ではなかったのである。

年長さんとして初登園の日がきた。雨もよいで肌寒い日だった。わたしはスプリングコートを着せられた。紺地に赤と白のちいさな水玉もようのコートはお気に入りの一着だったが、気分は晴れなかった。園帽子をかぶせられ、園バッグを斜めにかけられても行きたくなさばかりが募りグズっていたら、「年長さんになると、やっぱりどことなくちがうわぁ、もうすぐ弟か妹も産まれるし、ノンチーはもうりっぱなお姉さんだ、ねぇ、おばあちゃん」と母に、「ほんとだねぇ、年長さんっていうより一年生みたいだよ」と祖母におだてられ、まんまとその気になり、鬼退治に出発する桃太郎みたいなキリッとした顔つきでもって「お母さん、おばあちゃん、いってまいります」と一礼して家を出た。出たとたんに未練がましく振り返り、そしてパチンと指を鳴らすようにひらめいた。あの横長の口から覗《のぞ》けばテレビ観《み》れるかも。

口に手を差し入れて、手の甲で鉄のフタを持ち上げるようにした。手を伸ばしていくと、鉄のフタの冷たさが揃《そろ》えた指の背を移動していく。第一関節、第二関節、第三関節。手の甲をすぎて手首まで。

実は何度もやったことがあった。横長の口から手を出して、得体のしれないもののフリをして、おいでおいでをする遊びをわたしは父と発明していた。

「フミアキさぁん、フミアキさぁん」

思いついて、父の名前を呼ぶと、いっそう雰囲気が出た。わたしは高い声で歌う歌手みたいな裏声を出し、猫を撫《な》でるような手つきでおいでおいでをした。父が「むむっ、なにやつ」とか「なぜここに」とわたしの手を摑《つか》もうとするのだがすんでのところでヒョイとかわされ、わたしが玄関ドアの外側でげらげら笑うというのを、わたしが飽きるまで繰り返したのち、ようやく「捕まえた！」となる。

父はわたしの手を掴んだまま反対の手で玄関ドアをバッと開けた。わたしが「バァ！」と声を張り上げたら、「ななんと！」と腰をぬかさんばかりに驚いて、「そうかー、お化けじゃなくてノンチーだったのかー」「そうよ、ノンチーよ。わからなかったの？」「ぜんぜん」と話しながら、攻守交代。父の手は大きくて厚みもあるため、横長の口からすっかり全部出ないので、鉄のフタをカタカタ動かすにとどまった。

「ノリコさぁん、ノンチーさぁん、のんのんさぁん」

フタをカタカタさせながら、父は、太く、間延びした、いかにも雲の上から聞こえる巨人の声でわたしの名を呼ぶのだが、ここまでは余裕のよっちゃん。ちっとも怖くない。わたしはコンクリの三和土《たたき》に立ち、ほんの少し背伸びして下駄箱に両肘《りょうひじ》を乗せ、名前を呼ばれるたび「はいはーい」とお尻《しり》を振っていたのだが、バキュン！　父は銃を撃つように声音を切替えた。

「おねがぁーい、ワタシのお願いきいてちょうだいよぅ、おねがぁーい」

脂《あぶら》がのった女形ほど真に迫った哀れっぽい女の声で訴える。わたしは、いつも、だんだんと怖くなった。ほんとうはそんなに怖くなかったのかもしれない。わたしのほうで勝手に怖くしていったような気がする。父の声色があんまり上手で、わたしはたぶんそれがとても不思議だった。でも、よく考えてみると、わたしは父というひととそんなに馴染《なじ》みがなかった。父は早朝出勤、深夜退勤が当たり前の会社員だった。休日もあったりなかったりで、あっても上司や取引先のエライさんの引っ越しだの梅見の会だのの手伝いや、奥さまやご息女のお稽古《けいこ》ごとの応援に駆り出されていた。父と遊べるのはめずらしく、楽しかったが、楽しい最中にだけ、わたしの知らない父が出てくるのだった。

「どうしたらいいの？」

震え声で訊くと、

「おててつないでぇ」

と答えられ、言うことをきくしかない心持ちになり、横長の口におそるおそる手を差し入れると、引っ張りこまれるようにギュッと握りしめられ「ぎゃあああ！」。

わたしの絶叫でこの遊びはおしまいとなる。わたしは自分がさっきまで怖かったことや、ものすごく驚いたことや、思いっきり叫んだことが、グルンと、急に、可笑《おか》しくてならなくなった。上がり框《かまち》に膝をつけ、廊下側にからだを倒して、どうかというほど笑い、息が苦しくなり、死ぬかと思った。

「ワッハッハ、もんだドンだい」と父は玄関ドアを開け、三和土に立ってスーパーマンのように腰にこぶしをあてた。父はスーパーマンのような体つきをしていた。背が高く、胸板が厚く、二の腕が太かった。笑い疲れたわたしは父を見上げ、手を伸ばし、抱っこをせがんだ。父はわたしを軽々と持ち上げ、玄関の天井から吊《つ》るされたライトの傘に触らせてくれた。

鉄のフタはすぐに元に戻ろうとする。わたしは指をピンと伸ばした手の甲を横長の口の上のほうにくっつけたまま、わたしの家を覗いてみた。

横長・長四角の視界から見えるのは、下駄箱の天板と、廊下がちょっとと、その先のドアだった。居間に通じるドアだ。およそ半分ひらいていた。ソファに座る祖母の頭頂部は見えたが、テレビは見えなかった。朝ドラのテーマ曲が聞こえたような気がしただけだ。

何軒かよその家を覗いてみたが、テレビは見えなかった。横長・長四角の視界には、下駄箱の天板と、廊下がちょっとと、その先のドアがあらわれたきりだった。どの家も我が家と同じ間取りに思えた。そのころの流行だったのかもしれない。でなければわたしの覚え違いである。六歳児の記憶などそんなものだ。

わたしは家を出て二区画先のバス通りに出る道を歩いていた。ジクジクとした諦《あきら》めきれなさと、少ぅし背伸びしてよその家を覗き見するホカホカした後ろめたさと、横長・長四角に切り取られた景色を眺める単純なめずらしさの三つに押され、道々、覗けそうな家にあたってみたが全滅だった。そこでわたしは一区画後戻りし、左に折れ、バス通りと並行する道筋の家々にあたってみることにした。その結果。

郵便受けを居間の壁に埋め込んだ家があった。

横長の長四角の視界では、左の手前に椅子《いす》の背と男の後ろ頭があり、右の斜め奥に正面を向いたテレビがあった。彼は朝ドラを観ていた。願ったり叶《かな》ったりだ。視界が視界なのでテレビ画面の上下はカットされていたが、集中力を発揮すればヒロインのようすは概《おおむ》ね知れた。音も拾えた。かすかだけれど。

最後まで観て、バスに乗っても幼稚園にはギリギリ遅刻しなくてすんだ。「グッモーニン、ノンチー、お寝坊デスカ?」　最初は首をかしげたオデリヤ先生だったが、やがて「グッモーニン、ノンチー、ホラ急イデ急イデ」とわたしのお尻をたたく振りをするようになった。

どのくらいのあいだ、朝、知らない家のテレビを覗き見していたのかは覚えていない。せいぜい一ヶ月程度だったのではないか。もっと短かったかもしれない。

手短に話すと、わたしは朝ドラ、ヒロイン両ほうともに飽きてしまったのだった。

覗き見るテレビでは結局筋がほとんど分からない。音がよく聞こえないのだから当然だろう。ヒロインの顔や表情はよく見えるのだが、人妻となった彼女は大人っぽすぎて、わたしの好みではなかった。

弟が生まれて、家のなかが活気づいたということもある。わたしは弟が生まれる前までは、赤ちゃんよりもコリーかセントバーナードがほしいと思っていたのだが、生まれてみると、弟がいちばんいいような気がした。弟は今は寝たきりで、なにかというと泣いているが、いずれ立って歩けるようになるし、話もできるようになる。なにより母と祖母がとても喜んでいた。おいしい煮汁が吹きこぼれるような笑顔で、「ふふ、ご長男」とか「これで安心ね」と何度も言っていた。わたしは、弟は、番犬の代わりになるのかと思った。

「あら、どうして？」

どうしてそう思うの？　とターコさんが大きな黒目でわたしを見つめた。じゅっ、と焼けるような音がしそうだ。ターコさんはよくこういう見つめ方をした。変に一心に見つめるのだった。「ちょっと上がっていっぷくしてかない？　あたし、こども好きなのよ」と腕を引っ張るようにしてわたしを誘うときもそうだった。なんでか知らないけれど、必死でお願いされてる感じがして、わたしは時々ターコさんの家に上がり、カルピスやおやつをよばれた。

「お母さんもお祖母《ばあ》さんも、『この家は不用心』だって言うのよ。男がいないから。やっぱり男がいるとちがうんだって。ノンチーが『コリーかセントバーナードもらえば？』って言ったら、『番犬もいいけど』オホホホって」

カルピスを飲んだ。ターコさんのふっくらつやつやの黒目にカルピスを飲むわたしが映る。

「お父さんは？　男の勘定に入らないんだ？」

パインと桃、どっち好き？　とターコさんがソファに手を付き立ち上がった。少しふらついた。

ターコさんはわたしをソファに座らせて、自分は敷物に横座りし、ソファの座面に肘をついて頭をささえるスタイルを好んだ。そうしてそのままテーブルに手を伸ばし、指先でお猪口《ちょこ》を探した。ターコさんのお猪口は、おままごとの道具のようにちいさくて、可愛らしい。もようがわたしのスプリングコートとそっくりなのだった。白地に赤や緑や黄色の水玉もようで、急須《きゅうす》みたいなかたちのターコさんのお銚子《ちょうし》とおそろいである。ふたつともよく見ると水玉ではなく手鞠《てまり》だったのだが、わたしは水玉ということにして、ターコさんがお正月でもないのに、まるでお正月のように普通の日の明るい時間に酔っぱらうことを薄めようとしていた。

「どっちも」

ふたつ目の質問に答えたあと、少し考えてひとつ目の質問に答えた。

「だってお父さんはあんまりお家《うち》にいないのよ。いても寝てるし。ノンチーと遊ぶときもあるけど」

「へぇ、どんな遊び？」

台所を窺《うかが》うと、ターコさんがガラスのお皿に缶詰のパインと桃を一切れずつ載せていた。お人形のフォーク、お人形のフォーク、お人形のフォーク。わたしは心のなかで大好きなお人形が頭に付いたフォークをターコさんが出してくれるよう祈った。お人形のフォークは、ターコさんの知り合いの海外旅行のお土産で、高級品なのだそうだ。

「どんな遊びよ？」

ターコさんはお人形のフォークをジャーンというふうに、台所からわたしに見せた。答えずにいると、「楽しかった？」と訊いた。うなずくと、ガラスのお皿とお人形のフォークをお盆に載せてやってきて、敷物に膝をついた。お盆をテーブルに置く。

「プロレスラーみたいなからだの大男が、ちいさなノンチーとなにして遊ぶのかなー」

お盆からガラスのお皿を持ち上げてわたしの前に置いた。お人形のフォークもお盆から手に取り、わたしの目の前でチラチラと揺すったあと、ガラスのお皿のふちに寝かせた。わたしは父との遊びを秘密にするつもりなどなかったし、すっかり全部ターコさんに話してもよかったのだが、説明するのがちょっと、というか、だいぶ面倒だった。あの興奮と面白さをあの場にいないひとに伝えるのは無理。きっと幼児ながらにそう直感したのだろう。でも、ちっちゃなビーズの三つ編みをぶら下げたお人形のフォークで食べるとパインも桃もひとしおおいしく感じられ、父との遊びの全部でなくても、いや、概略ですらなくても、せめてどこかしら似たようなことを話さなければいけないと思った。

「あのね、郵便受け」

玄関を指差すと、ターコさんは「うん」と関心なさげにうなずいた。ターコさんの家にも横長・長四角の口が玄関ドアの横に埋め込まれていた。わたしの家と同じく、下駄箱の少し上に位置した。茶色や白の大小の封筒とか葉書が下駄箱の天板に折り重なっていて、何枚かは三和土に落ちていた。三和土には、かかとの高い細いブーツやバックバンドのサンダルなどが「あーした天気になーれ」をしたあとのように転がっていて、そこにわたしの靴、リンゴみたいに赤いズックがお行儀よく揃えてあった。

「あそこから家のなかをのぞくのよ。よそんちの家のなか」

後半に行くにしたがい、声が自然とひそまった。他人に話すのは初めてだった。

「へぇ……」

ターコさんは黒目をわたしから玄関にゆっくりと移し、郵便受けをじゅっと見つめた。

「テレビをみれる家もあったのよ。ノンチーはね、むかし、毎日、みに行ったのよ」

胸がひじょうにドキドキした。これはたぶん白状というものだった。

「アラちょっと、それ、どこの家？」

ターコさんの声もかなりひそまっていた。

「ねぇったら」

またゆっくりと黒目がこちらに戻ってきた。わたしはその家を教えた。主観で成り立った地図の説明（しかもわたしは右と左がまだ曖昧《あいまい》）だったので、ターコさんは把握するのに時間を要した。でも、なんとか分かったらしく、ミトさん家だ、とつぶやいた。

「男のひとがいたでしょう？　髪の薄い」

わたしはそのひとの後ろ頭しか見たことがなかったが、ポヤポヤとした髪の毛が起き上がるでも寝るでもなく力なく佇《たたず》んでいたのを思い出し、うなずいた。

「そのひと、マモルさん。十四、五年くらい前、ミトさんご夫婦がつづけて亡くなってね、ひとりで暮らしてたの」

マモルさんはミトさんご夫婦の息子らしい。

「マモルさんね、こどものときに大火傷《おおやけど》して、それがもとで右腕を切っちゃったの」

それでね、とターコさんが言いかけたら、玄関ドアが開いた。ハナちゃんが「ただいま」と帰ってきた。大きな頭と太ったからだを左右に揺すり「ターコねえさん、ターコねえさん」と呼ばわって居間に入ってき、「ダイコン寝てたけど買ってきたよ」と買い物カゴをかかげてみせた。

「あれー、おかえり、ありがとう、えらかったねぇ！」

ターコさんが声をかけると、ハナちゃんはふんふんと鼻息を荒くし、身をよじって喜んだ。

「ノンチー、こんちわ」

台所に向かう途中で、どら焼きみたいな茶色い丸顔をほころばせ、わたしに挨拶《あいさつ》した。お客さんには挨拶するようにとターコさんに言われているのだ。

「ハナちゃん、こんにちは」

ハキハキと挨拶を返し、台所を見た。食卓に置いた買い物カゴの中身をターコさんがあらためていた。ハナちゃんはターコさん家のお手伝いさんだった。からだは大人だけど、心はノンチーよか歳下《としした》だとターコさんが言っていた。ダイコンを買いに行かせたら、「寝てた」と言って買ってこなかったというのが、代表的なハナちゃんの笑い話で、ハナちゃんもこの笑い話を気に入っていて、買い物から帰ってくるとかならず言った。

いつもニコニコしていて怖いものなしのようなハナちゃんだったが、苦手なひとがひとりいた。それはターコさんの旦那《だんな》さまで、旦那さまがやってくると、あの目が怖いとひんひん泣いて部屋から出てこなかったらしい。そのことでターコさんはハナちゃんをたまにからかった。

「なによう、旦那さまがおいでになったら、ひんひん泣いて出てこなかったくせに」

旦那さまが亡くなって、さみしくなったターコさんの家に通い始めるお客さまが増えたようだった。そういえば、祖母にお使いを頼まれて、食パンを買いに行ったとき、食パンをスライスしてもらっているあいだ、ターコさんの噂《うわさ》を聞いたことがあった。ターコさんはイケる口で色好みで昼日なかからアラレもないなにかすごいことをしているらしい。

「この子、男嫌いかと思ったら、そうじゃなかったの」

ターコさんが、くっくっくっと喉《のど》で笑って、ハナちゃんを顎《あご》でしゃくった。わたしは少しいやな感じがした。ターコさんは大人のわりに背が低くて瘦《や》せていて、普段は、わたしの「のんのんノンチー」に対抗して「とてちてターコ」とふざけるほどこどもっぽいひとだったのだ。

「えっと、なんの話してたんだっけ」

台所からターコさんが戻ってきた。わたしは「さぁ？」と首をひねった。すぐに思い出して、「郵便受け」と答えた。ターコさんがうなずいた。

「そうだった、郵便受け」

わたしは言い足りなかったというか、すごく言いたいことがあったような気がしてきた。たちまちのうちに胸にこみあげて、口から飛び出した。

「あそこからのぞくと、メガネをかけたみたいによく見えるのよ。ふしぎとよぅく見えるのよ」

「へぇ、そうなの」

ターコさんは両手の親指と人差し指で横長・長四角をつくり、そこから覗くフリをした。キョロキョロと黒目を動かしたあと、指でつくった横長・長四角を目からずいぶん離して言った。

「ちょっとしたシネマスコープね。迫力の大画面」

七月には住吉さんのお祭りがあった。世界でいちばん盛大なお祭りだ。二番目はお不動さんのお祭りなのだが、比べものにならない。会社や学校がお昼で終わるのは住吉さんのお祭りだけだった。晴れ着を着せてもらえるのも、美容院で髪を結い、房の垂れたくす玉かんざしをさしてもらえるのも、太巻きやいなり寿司《ずし》や鯛《たい》のかぶと煮の特に目玉のぷるぷるしたところを食べられるのも住吉さんのお祭りのほう。

会場だって二箇所あった。住吉さんの境内と野外運動場だ。みんな野外運動場のほうがにぎやかだと言っていた。「そういうにぎやかさだけが祭りではないんだけどナァ」と言うひとたちもいた。野外運動場でのお祭りに押し寄せるひとびとを嘆かわしく思っているようだった。わたしなんかは住吉さんのお祭りといえば野外運動場一択で、境内のほうには行った覚えがない。遠かったし。

野外運動場に向かう港からの上り坂、山からの下り坂の両方にえんえんと出店が立ち並ぶのだった。日が落ちると、それぞれの出店で裸電球が灯《とも》り、港からの上り坂、山からの下り坂、どちらにもみかん色の明かりの行列がつづき、ひそひそ話のように揺れ、狐《きつね》の嫁入りのようなのだった。

野外運動場には小屋も立った。サーカスと、お化け屋敷と、見世物小屋だ。どれもこどもたちに人気だったけれど、サーカスの人気は桁《けた》ちがいだった。空中ブランコ！　綱渡り！　玉乗り！　虫かごみたいな金網の中でぐるぐる走るオートバイ！　絶対見たい！

小屋掛けが始まったころだと思う。サーカスのチラシがばらまかれた。チラシには父兄とこどもの優待券が印刷されていた。あるキャラメルの空箱を持参すると、さらに値引きになる。

そんなことを、チラシを見せながら、近所のモンちゃんがわたしに言った。モンちゃんはわたしより三つか四つお兄さんで、小学三年か四年だった。モンちゃんにはたしかわたしと同い歳の弟もいたのだが名前は忘れた。おとなしい子で、あんまり家から出てこなかった。

わたしは家に帰り、それぞれなにか用を足していた母と祖母を呼び、ソファに座らせ、モンちゃんから仕入れた情報を教えた。わたしが話し終えると、祖母は黙って立ち上がり、居間の隣の自室に行った。小豆色の手提げを持って戻り、「これなーんだ?」と手提げからキャラメルを出し、センターテーブルに並べていった。一個、二個、三個。母は母でおんぶ紐《ひも》で背中にくくりつけた弟のタカユキをゆすりながら前掛けのポケットからがま口を取り出し、折りたたんでしまってあった薄い白い紙を開いて見せた。サーカスのチラシだった。母が言った。

「お祭りの日、お父さん、お休みもらえるんだって。でね、お祖母ちゃんがタカユキの面倒を見てくれるっていうの。だからね、ノンチー、お父さんとお母さんとノンチーの三人でサーカスみにいこう。帰りにギンガ食堂でカツレツ食べよう」

「ばんざーい！」

嬉《うれ》しくて、嬉しくて、息が止まりそうだった。どうしていいのか分からず、でもじっとしていられなくて、わたしは外に飛び出した。のんのんノンチー、のんのんノンチー。喜びにあふれたノンチー歩きで近所を歩き、ターコさんの家の前を通った。白い壁の四角い平屋だ。旦那さまがターコさんのために用意してくれた家だそうで、旦那さまが亡くなったら思いがけなくターコさんのものになったらしい。ターコさんは何度もこの話をわたしにして、そのたび、ありがたいわよねぇ、と真顔でうなずいた。開け放たれた玄関ドアにターコさんが寄っかかっていた。どろんとした目をしていたが、通りかかったわたしには気づいたようで、いつものセリフを言った。

「ちょっと上がっていっぷくしてかない？　あたし、こども好きなのよ」

ほんとよ、あたし、こども好きなんだから、とわたしの腕を引っ張った。腰をかがめてわたしの頰に自分の頰をくっつけて、「お客さんが帰ったばかしなの」とささやいた。いつもよりずっとお酒くさかった。

家に上がると、ハナちゃんがテーブルを片付けていた。ターコさんの家の居間のテーブルは大きな大きな木を輪切りにしたものだった。ターコさんの家はわたしの家よりちょっとちいさく、だから玄関も居間も台所もわたしの家よりちょっと狭いのに、この居間のテーブルだけはわたしの家にあるのより大きかった。とにかく存在感というか重々しさが並大抵でなく、わたしはこのテーブルが、きっとターコさんの旦那さまがすがたを変えたものなのだと思っていた。

そのテーブルの、渦巻きみたいな年輪の上に、黒い瓶が二、三本と、お銚子が載っていた。ジョッキとお猪口、寿司《すし》桶《おけ》に残ったおしんこ巻き、割り箸《ばし》。それらをハナちゃんはひとつひとつゆっくりと、なにやら考え考えしてお盆に載せていっていた。

わたしはいつものようにソファに座り、ターコさんもいつものようにカルピスをつくりに台所に行った。ターコさんは、ハナちゃんがいても、わたしの飲んだり食べたりするぶんは手ずから用意してくれる。

「ありがとう」

ターコさんからカルピスの入ったコップを受け取り、ごくごく飲んだ。あーおいしー、とひと息ついたら、ターコさんがわたしのひたいに手を伸ばし、汗で濡《ぬ》れた前髪を掻《か》き上げた。

「ノンチーはいいねぇ、しあわせそう」

「うん、ノンチーはしあわせなのよ。お父さん、お祭りの日、お休みなの。お祖母ちゃんがタカちゃんのめんどうみてくれて、お父さんとお母さんとノンチーでサーカスみにいくのよ。でもってギンガ食堂でカツレツも食べるって」

ばんざーい、と言う前にターコさんの手がひたいから離れた。

「へぇ、そうなの」

乾いた声で言うのと、ハナちゃんが持ち上げたお盆を落とすのとは同時だった。瓶もお銚子もジョッキもお猪口も寿司桶もおしんこ巻きも割り箸も敷物にぶちまけられた。ハナちゃんは真っ赤な顔をして地響きみたいな音を立て地団駄を踏み、腕を振り回し、「お祭り！　お祭り！」と喚《わめ》き出した。真っ黒いチリチリ髪が花火みたいに四方八方に広がっていくようだった。「お祭り！　お祭り！」と喚く声が高くなって熱を帯び、ちぎれそうになったとき、ターコさんがハナちゃんのスカートの下に手を突っ込んだ。

「だいじょうぶよ、ハナちゃん、だいじょうぶ」

やさしい声をかけながら、ターコさんは、ハナちゃんのおまたを揉《も》んだ。揉みながら、わたしに言った。

「ノンチーが覗いてたお家、覚えてる？　ミトさん。あそこの息子さんのマモルさん。大火傷がもとで右腕なくしたものだから働き口を見つけるのに苦労して、やっと見つけてもお給料がうんと安くて、マモルさんは親に頼ってて、ミトさん夫婦が亡くなっても遺《のこ》したものでなんとかやってたんだけど、それもそろそろ尽きそうになって、好きなお酒も我慢して、ケチケチやってたんだけど、いい勤め先が見つかって、工場の守衛の仕事で、そこは社長さんがいいひとで、マモルさんにもほかの社員と同じ額の給料を払ってくれたの。そしたらマモルさん、人並みのお給料をもらうのが初めてで、あーこれで気兼ねなく酒が飲めるって喜んでね、飲んで飲んで飲んで、そして、飲まずにいられなくなっちゃって、仕事にも行かなくなっちゃって、ある日、死んでるところが見つかったの」

テレビ、つけたままだったんだって、とターコさんはどろりと流れ落ちそうな黒目でわたしを見つめた。ハナちゃんのスカートに入れた手は動かしたままだった。ハナちゃんはおとなしくおまたを揉んだりさすられたりしていた。ちょっと白目になっていた。口を半開きにし、とろけそうな、ボンヤリとした顔つきをしていた。

「この子はこういう子なの」

わたしの視線に気づき、ターコさんが言った。

「擦《さす》ってやれば、おさまるの」

擦るだけでいいの、とつづけた。

「自分でもどうしようもなくなるときってあるじゃない？　夢中になって、溺《おぼ》れちゃって、あっぷあっぷのとき。マモルさんもたぶんそうよね。だいじょうぶよ、って擦ってもらえたらよかったのにね」

あたしだっておんなじよ、とターコさんはハナちゃんのスカートの下から手を抜いた。放心したように尻もちをつくハナちゃんをちらと見て、おしぼりで指を拭《ふ》いた。

「どうしたって止められないの。止まらないのよ」

ターコさんはかっと目を見開いた。黒目の周りの白いところが血走っていた。その後少し経《た》ってから、ターコさんは川にうつ伏せで浮かんでいるところを新聞配達の少年に発見された。酒好きなのと男好きなのとで、酔っぱらった上の事故なのか、痴情のもつれによる殺人なのか、界隈《かいわい》では大いに話題になった。わたしはハナちゃんの行方が気になった。だが、みんなターコさんの噂に夢中で、ハナちゃんの噂をしなかった。思いついて父に訊いてみると、父は顎をコリッと鳴らし、知らない、と答え、桃色の歯茎を見せて笑った。この日の父の桃色の歯茎を思い出すたび、わたしはターコさんの血走った白目を思い出す。横長・長四角の口から覗いたように、くっきりとよく見えた白目である。まさにシネマスコープ。迫力の大画面だ。

陸海空　旅する酔っぱらい

ラズウェル細木

ラズウェル細木（らずうぇる・ほそき）

1956年、山形県生まれ。83年に漫画家デビューし、呑兵衛たちの心をくすぐる漫画を発表し続けている。2012年、『酒のほそ道』などで手塚治虫文化賞短編賞受賞。ほかに、うなぎ漫画『う』、ブタ肉入門漫画『ぶぅ』など著書多数。

旅といえば、まずはその土地での飲食が何よりの楽しみである。というより、私など飲食が旅の目的のすべてであるといっていい。旅先の土地の食べ物とそれに合う酒との出会いは本当に楽しい。

旅は、家を出た瞬間から始まる。そして、目的地へ向かうための交通機関に乗り込んだとき、早くも最初の興奮がおとずれる。それは乗り物の中での飲食……特に酒だ！

旅に出るときの乗り物での飲食は大きな楽しみだ。

私が旅の乗り物で飲んだり食べたりするのは、酒も食べ物も特別なものではない。駅の売店で売られている大手メーカーの酒に、ごくフツーのつまみ。だが、それがいつもよりことさら旨《うま》く感じられて、そして心地よく酔いが回る。

そもそも乗り物はアルコールが回りやすいといわれ、たしかにそれを実感するが、実際はそれ以上に、「旅に出る」という高揚感が大きく影響しているんじゃないだろうか。これから始まる旅の前祝いとでもいおうか、それが旅の途中の乗り物での酒である。

ということで、私のこれまでの経験を通して、乗り物での飲食の楽しさを、陸と空と海、個別に詳しく考察してみよう。

鉄道 まずは駅弁でビールを

旅に出るときの乗り物の代表格といえば、なんといっても鉄道である。

かつては、機関車の牽引《けんいん》する客車で、駅売りの駅弁とお茶、そしてビールもしくは日本酒というのどかで風情《ふぜい》のある飲食スタイルが主流であった。

やがて長距離の列車移動は、特急の電車が取って代わり、食堂車やビュッフェが登場、旅の特別感を演出して人気を集め、これは新幹線時代の初期まで続く。

この食堂車～ビュッフェ文化の最盛期は、私は未成年で飲酒の経験はないが、食事だけでもかなり高揚した記憶があり、それに飲酒がプラスされたらさらに気分が上がったに違いない。この時代、生まれて初めて食べたのが「コンビネーション・サラ

ダ」というやつで、今考えるとただの野菜サラダなのだが、当時はなんだかえらくハイソな人間になったような気がしたものだ。

さて、現在、長距離列車はスピードアップした新幹線の時代となり、食堂車やビュッフェは姿を消し、なんとワゴン販売すら廃止の動きがある。

しかし、スピードアップした新幹線の中でも飲んだり食べたりは楽しい。というよりも、乗りごこちが快適な新幹線は、ゆっくり酒が飲める理想の密閉空間といっていい。特に、東海道新幹線の「のぞみ」の新横浜〜名古屋間は、停車駅もなく長時間にわたってゆっくり落ち着いて飲食できる。

東京から乗った場合、東京駅で当面のアルコール類とつまみや弁当を買い、めざす列車に乗り込んで着席すると、まずはビールを開ける。夏ならロング缶、冬ならショート。いよいよ出発というこの瞬間の一杯がたまらない。ただし、平日の午前中だと、まわりはこれから仕事へ向かうビジネスマンだらけで、プシュッという音をたてるのがちとはばかられるのだが……。

このビールが終わると、次は缶チューハイ、またはハイボール缶に進むことが多い。それらも終わると、ワゴン販売を待って、またビールに戻るか、あるいはチューハイやハイボールを追加するか、はたまた日本酒に行くかは、そのときの気分次第だ。

私はアルコール類は着席するなりすぐに飲み始めるが、弁当やつまみは新横浜を過ぎて、人の乗り降りにともなうザワザワがなくなってから開けることにしている。

好きな駅弁は、まずは崎陽軒《きようけん》の「シウマイ弁当」。この名作駅弁は、バラエティーに富んだおかずはもちろん、ご飯にいたるまで格好の酒のつまみである。

それから最近お気に入りなのが「品川貝づくし」。ハマグリ、アサリ、シジミ、ホタテ、イタヤガイの貝柱など貝類がご飯の上にびっしり敷き詰められていて、これはもう酒の肴《さかな》以外の何物でもない。それらの貝をチビチビとつまみながら日本酒などやると、広島ぐらいまでもって、5合ぐらい飲めるんじゃないだろうか。京都で降りることがほとんどなのでためしたことはないけれど。

ちなみに、京都へ行くときの飲酒は名古屋までと決めている。京都で降りるときにヘロヘロしてたらあまりにも格好悪いから。

最近、新幹線のホームの売店や車内のワゴン販売で、近頃はやりの9パーセントのチューハイが売られている。これを知った時は小躍りした。「こいつをチビチビとやれば酒が切れてワゴンのやってくるのをイライラ待つこともなくなるんじゃないか」と……。しかし、何度か買ってためすうちに、「待てよ」となった。というのは、名古屋までに飲み終えて、以降、京都まで休んでも、京都駅でフラフラとしてしまうのである。これは思った以上に酔いが回るようだ。ということで、近頃は9パーセントは控えている。

ところで、新幹線では、私は通常であれば3列席の通路側のC席をとるようにしている。なんといってもトイレに立ちやすいし、ワゴンのサービスも受けやすい。そして、たいてい隣のB席に人が座ることはない。ただし、混雑の時期でB席まで埋まるようなときは、2列席の通路側D席を選ぶ。

また、ごく稀《まれ》にであるが、C席に座っていて、A席に人がやってこないことがある。そんな場合は、B席に移動する。なぜなら、B席はA席やC席に比べてやや座席の幅が広いから。これ本当なので、お疑いの方は今度確かめていただきたい。

飛行機

懐《なつ》かしのブラディメアリ

かつて飛行機の機内での飲食は、特急列車や新幹線の食堂車以上のハレの場であった。なんたって飛行機は滅多に乗ることのできない乗り物であり、機内食は憧《あこが》れの夢の食事であったから。

国際線となるとそれはもうまさに天国に一番近い場所での飲食で、機体とともに心もはるか上空へと舞い上がるのであった。

私が生まれて初めて国際線

の機内で飲食をしたのは、1980年代、20代の前半であった。

当時の国際線のドリンクのサービスは、今よりもたくさんの種類のアルコールが並んでいたように記憶している。当時からアルコールに意地汚かった私は、居並ぶドリンクをつぶさに見るや、「ブラディメアリ」なんてカクテルを作ってもらって悦に入っていた。そして、それはとてもよく回って非日常な気分を一層盛り上げてくれた。

また、今となっては信じられないことだが、以前は液体の持ち込みが禁止されておらず、機内に酒類を持ち込み放題であった。私はポケットに度数の高いウオッカや中国酒をいつも入れていて、ワゴンでもらったビールに垂らして飲んだりしていた。で、これがまた一層よく回るのである（そりゃそうだ）。

現在は国際線もアルコールのサービスが縮小傾向のようで、ビールにワイン、ウイスキーぐらいしか置いていないようだ（ビジネスクラスより上は知らんけど）。そして、かつてあんなに飛行機内での飲食に執着していた私も、そんなにありがたがることもなく、ワインでも飲みながら機内食も気が向いたものだけちょこっとつまむ、といった具合である。なんたって、着いた先での飲食の方が楽しみだから。

まあ、それだけ飛行機の旅が特別なものではなくなったということか。昨今の国内線にいたっては、搭乗時間が短く、有料ということもあり、ついぞアルコール類を飲んだことがない。サービスのお茶かスープでじゅうぶん。

空の旅での飲酒が楽しみだったのははるかに昔のこと。それにしても美味《おい》しかったなあ、あの「ブラディメアリ」……(遠い目)。

船 ゆったりくつろぐフェリー酒

船といっても、公園のボートから、豪華客船にいたるまでいろいろあるが、旅で乗るとなるとそれなりの大きさのものになるだろう。だがこれまで、船旅の機会はそれほど多くはなく、船内での飲酒となると数える程の体験しかない。

初めて長く船に乗って飲酒をしたのは、学生時代に東京から徳島へ向かうフェリーでだったろうか。昔すぎて、何をどれだけ飲んだのか、ほとんど憶《おぼ》えていない。

次は、30歳ごろに小笠原へ行った時の行き帰りの船。東京から小笠原へは26時間!かかったのだが、その大半は寝ていた。というのは、当時イラストレーターをしていて、ひとたび小笠原へ渡ると帰りの船が出るまでかなりの日数を要するということで、出発まで徹夜をして仕事を描きだめしたのである。だもんで、船の上で泥のように眠ったのでほとんど飲酒はしていない。帰りは帰りで、楽園から東京へ戻るのが嫌で、ふて寝をしていたように記憶している。

船ではかように乏しい経験しかなかったのだが、つい最近、実に思い出深い船での飲酒を味わった。

二〇一九年に、「深夜高速バスに100回ぐらい乗ってわかったこと」という本を出して、一躍時の人となった大阪在住のライターであるスズキナオさんとは、以前から東京や関西でしばしば飲むのだが、そのナオさんが、あるときから神戸〜高松のフェリーが素晴らしいと、幾度となく熱く語るようになった。

どこがどう素晴らしいのか、どんなに聞いてもこちらの心にさっぱり届いてこなかったのだが、先日、高松へ行く用事ができたので、せっかくだからと、大阪からナオさんを呼んで高松から神戸までのフェリーの旅の案内をしてもらった。

その日は雨であいにくの天候だったが、船は予定通り出港するということで、われわれは市内からフェリー埠頭《ふとう》へと移動、そしていざ乗船。ジャンボフェリーというその船は、いかにもフェリー然として大きくゆったりとしていた。

客席はごくフツーの船の座席といった雰囲気のものから、雑魚寝《ざこね》可能なフラットなスペースまで様々なタイプがあるのだが、ひときわ目をひくフロアがあった。それは、昭和の中期頃のクラブやスナックを思わせる、ゆったりとしてレトロなたたずまいの

ソファーの客席であった。テーブルもあって、向かい合って飲食しながら船旅を楽しむことができる。それを見てすっかり嬉《うれ》しくなって、さっそく売店でアルコール類とつまみを買い込んで、その一角に陣取った。

　ほどなく出航、船はすべるようにしずしずと港を離れた。高松から神戸へは約4時間半の船旅。このスピード時代に浮世離れしたゆっくりさだ。

　乾杯の後、よもやま話をしながら飲んでいると、くつろいだ気分になり実に楽しい。第一に、乗り物とは思えぬゆったりとした席が良い。そして、これまた乗り物に乗っているとは思えぬ移動感の無さ。船のスピードは港を出た時と全く変わらず、海は静かで揺れることもない。窓の外の瀬戸内海の景色はゆっくり変わって行くのだが、注視していないとそれもよくわからない。まるでどこかの店内で飲んでいるかのようだ。

途中、小豆島《しょうどしま》で一度だけ停船。結構な人が乗り降りしたものの、その後、船はまたすべるように瀬戸内海を移動、神戸はまだまだ先である。

途中、船内の軽食スタンドでうどんを食べたり、デッキに出て景色を眺めたり、そしてまた席に戻って飲んだりと、おそろしくスローな時間が流れている。そんな中、だんだんと雨が上がって夕焼けが見えるようになってきた。そして、ゆっくりと日が暮れ始める。

そんな時間帯に淡路島と本州をつなぐ明石海峡大橋の下を通過。再びデッキに出てその壮大な光景を眺める。そんなこんなしながらも船はペースを乱すことなく航行、神戸に着いた時にはすっかり暗くなっていた。

いったい何だったのだろう、この優雅な時間は。素敵すぎるではないか。そして思った、「これはいくら説明してもわかってもらえないな、自分がそうだったように」。そう、こればかりは実際に体験してもらうしかないのだ。

といった具合に、陸と空と海の旅の飲酒を考察してみたが、ほかにもまだまだ乗り物での飲酒は楽しめそうである。

今やってみたいのは、「こだま」での新幹線飲みだ。各駅に止まって、時に「のぞみ」の通過待ちもするスローな新幹線で、時間を忘れて思い切りのんびり飲み食いしてみたい。と思いつつすでに何年も経《た》っている。そんな悠長な時間は現実にはなかなかとれないのだ。

しゃあない、老後の楽しみにとっておくか……え、もう老後だって？

カナリアたちの反省会

越谷オサム

越谷オサム（こしがや・おさむ）
1971年、東京生まれ。2004年、日本ファンタジーノベル大賞優秀賞受賞作『ボーナス・トラック』でデビュー。『陽だまりの彼女』は映画化され、ミリオンセラーに。ほかに「いとみち」シリーズ、『房総グランオテル』『まれびとパレード』など著書多数。

　正解は居酒屋だったか。

　窓明かりに黄色く照らされる〈冬のあったかチーズフェア〉の幟《のぼり》を眺めながら、私は己の勘の鈍さをひっそり呪《のろ》っていた。

　考えればわかることだ。客もまばらな夜更《よふ》けのファミリーレストランに、短編小説のネタになりそうな事物などそうそう転がっているものではない。

　テーブルに置かれたノートパソコンに目を戻す。

　画面に表示されたレジュメのタイトルは〈特集『「もう一杯、飲む？」――酒のある風景をめぐって』　〆切1月末〉。

　本文は〈一人称ｏｒ三人称　酒の種類　シチュエーションは？　空港トカ？　たき火？　店サイドから見た話？　親の留守中の中学生トカ？　虫視点？〉から一文字も進んでいない。なんの脈絡もない単語の数々が、原稿依頼を受けて以来の悶絶《もんぜつ》の日々を静かに物語っている。

　あと三十分ほどで、日付は一月二十五日に変わってしまう。筆が進まないどころか何を書くかも決められぬまま、とうとう〆切まで一週間を切ってしまう。

「……どうしよう」

　焦燥が、独居中年男性の錆《さ》びついた声となって口からこぼれた。はっとしてあたりを見回すが、となりのテーブルに客はなく、人に聞かれた様子もない。

　四十代も半ばを迎え、独り言がずいぶん多くなった。今度は「四十五か」と言いかけて、唇を引き結ぶ。その間も、画面上のカーソルは次の指示に備えて律儀《りちぎ》に点滅を続けている。

　キーボードに指を置き、離し、湯気の消えたコーヒーを口に含む。

　底冷えのする六畳間でパソコンとにらめっこを続けていても埒《らち》が明かない。場所が変われば気分も変わるだろう。そう考えて仕事部屋を出てきたものの、この十五分はにらめっこの続きをしているうちに過ぎてしまった。

　やはり、居酒屋に行くのが正解だった。

　プロット作りもままならぬ店内の騒々しさ、あるいは閑古鳥が鳴くフロアのいたたまれぬ空気、追加の注文を促す店員のプレッシャーなどといった居酒屋で想定されるデメリットを勘案してファミレスを選んだのだが、酒のある風景を書くのならやはり酒を多く扱う店に行くべきだった。

駅前まで行けば明け方まで営業しているチェーン店があったはずだが、たとえわずか四、五分の道のりであれ、一月の寒空の下にもう一度出るのは気が進まない。それに、このタイミングで風邪でもひいたら雑誌に穴をあけてしまう。

だったらなんで、夜中にここまでノコノコ歩いてきたのよ。

ちぐはぐな自分の行いを胸の内であざけり、オフホワイトの壁紙に囲われた客席を見渡す。窓際《まどぎわ》の隅の席から見える範囲に、客は十人足らず。この時間帯のこの店には何度か来ているが、日没過ぎまで降り続いた雨のせいか土曜というのに人は少ない。

それとなく観察してみる。料理にはろくに手をつけず、携帯電話を黙々と操作する男。私と同じように仕事を持ち出してきたらしい、テーブルにノートパソコンと何かの資料を広げている女。睦《むつ》まじげに話し込む若いカップル。皿の片付けられたテーブルを前に、中空を見つめて放心している男――。けっして上品ではないが下品でもない、二十三区の西の外れらしい光景だ。

天井に埋め込まれたスピーカーから流れているのは、90年代のJポップ。客が少ないせいか、今夜は「あきらめないで」や「一人じゃない」といったポジティブな歌詞の羅列がひときわ耳につく。愚か者め、応援する相手を考えろ。今ここにいる客の大半は一人だ。分けても私などは〆切をあきらめかけてさえいる。

「荷物、そっち置いて大丈夫ですか？」

数歩の距離で発せられた声につられ、顔を上げる。キャリーバッグとギターのハードケースらしい大きな荷物を手にした青年が、ここまで案内してきた店員に遠慮がちに尋ねている。

「あ、大丈夫ですよー。置きましょうか？」

ケースを受け取ろうと手を差し伸べた女性店員に、もう一人の青年が「あ、自分たちでやりますんで、はい」と愛想笑いを返した。腰が低く礼儀正しい、今どきの若者だ。こちらの青年が手に提げてるのはギター用に比べてはるかに小さなケース。もう片方の手はギターケースに負けず劣らず大きなキャスター付きケースを牽《ひ》いている。さらに背中には大きなリュック。

客はもう一人いた。長い黒髪の女性が、リュックタイプのソフトケースを慎重に背中から下ろしたところだ。二人の青年と同世代らしいこちらもまた、キャリーバッグを牽いている。荷物の多さはまるで、夜更けの東京に現れた砂漠の商隊だ。

通路を挟んだテーブルの下にケースやキャリーバッグなどが置かれ、店員が下がると三人は倒れ込むようにシートに腰掛けた。

「疲れたー」

「しんどい。今日はしんどかった」

「月曜会社行きたくねー」

思い思いに嘆じてから、「なんにする?」とメニューを広げる。

シートに背中を預けていたかと思うと、もう前屈《まえかが》みになってページをめくっている。

それも上着を器用に脱ぎながら。動きが若い。

「会社」と言っているから学生ではないようだが、醸《かも》し出す空気にまだ老いの気配は感じられない。二十代半ばといったところか。今日はバンドの練習があったのか、それともライブだったのか。私は行ったことがないが、駅の周辺にライブハウスがいくつかあることは知っている。

こちらが詮索《せんさく》しているうちに相談は終わったようで、ドリンクバーのみの注文で話がまとまった様子だ。酒でも頼んでくれたら短編のヒントにできたかもしれないのにと、喉《のど》までせり上がってきた身勝手な恨み節をコーヒーで飲み下す。

先ほどの店員に注文を告げると、三人は店内を見回してからドリンクバーへと向かった。この店の利用は初めてらしい。

背中をそれとなく眺めたのも、職業病のようなものだ。男たちは着古したパーカーとフリース、女は目の粗い無地のセーター。

地味な若者たちだが、それでも遠ざかるとあたりが急に静かになったように感じられた。残されたのは控えめな音量で流れるＢＧＭと、〆切を目前にして己の限界に直面してしまった中年作家。

スケジュールには余裕があった。特集への寄稿の依頼があったのは先月十二月の上旬。枚数は四〇〇字詰原稿用紙に換算して七〇枚まで。一応プロとして十年あまりメシを食ってきたのだから、ほとんど問題はないはずだった。担当の大内氏には電話で「まあ、書き下ろしの作業も落ち着いたところだし、大晦日《おおみそか》までには初稿を送れるんじゃないですか？」と豪語していたほどだ。しかし「問題」は、まったくないわけではなかった。

下戸なのだ、私は。

ビールなら、飲めてジョッキ半分。日本酒などは口に含んだだけで顔が真っ赤になってしまう。もちろん酒が飲めなくても日常生活を送る上で何も問題はないが、酒のある風景を書くとなるとこれは大きな問題だった。酒飲みの気持ちなど、酒を飲まない私にわかろうはずがない。これほど大きな問題に気づかぬふりをして注文に飛びついてしまうとは。

コーラやオレンジジジュースなどのグラスを手に、三人がとなりのテーブルに戻ってきた。こちらに背を向けたパーカー越しに、フリースとセーターの顔をあらためて見る。二十代半ばという推定にまちがいはないようだ。

とくに挨拶《あいさつ》の声もなく、三人がそれぞれのタイミングで飲み始める。「一人っ子きょうだい」という言葉がふと頭に浮かび、私はメモ代わりにパソコンに打ち込んだ。おお、何十分ぶりの入力だろう。働いているような気分が出てきた。しかしこのワードに「酒のある風景」の要素はない。

「今日の『まほろば』、そんなによかった？」

セーターの彼女が、長い髪の先を右手で梳《す》きながら二人に尋ねる。抑えてはいるが、よく通る声だ。

パーカーとフリースが、めいめいに頷《うなず》く。

「なんか、拍手大きかったね。久しぶりに演《や》ったから？」

「曲の前半なんか、わりとグダグダだったのにね」

練習ではなく、ライブの帰りだったようだ。であるならば、彼らが牽いてきたキャリーバッグにはステージ衣装が収められているのかもしれない。

それにしても「まほろば」とは、歳《とし》のわりにずいぶんと渋いタイトルセンスだ。「大和《やまと》は国のまほろば」のあの「まほろば」か。たしか、「優れたよい土地」といった意味の古語だ。今は短編一本書けずにいるが、これでも私は作家だ。言葉は多少知っている。

いったいどんな曲なのか知りたくなってきたが、「まほろば」についての会話は各自一度ずつの発言で終わってしまったようだ。となりのテーブルに沈黙が訪れる。

ＢＧＭは、気づけばなつかしのＪポップからイージーリスニングに変わっていた。いかにもファミレスで流れていそうな、主張を意識的に抑えたマイルドな曲調だ。

「まあ、お客さんの反応は悪くなかったと思うけど」今度は、パーカーが切り出した。「主催のバンドの人たちさ、あの態度はなくない？」

「あー」楽器二台持ちのフリースが、苦虫を嚙《か》み潰《つぶ》したような顔で頷く。「なんか、人の演奏中に楽屋で爆笑してたよね。こっちはフォークトリオでどうしても音圧薄いから、フロアまで丸聞こえだったと思う」

アコースティックギターを担当しているらしいパーカーが、大きな仕草で頷き返す。

「まあ、こっちはイベントに呼んでもらった立場でもあるから何も言わなかったけど、対バン相手にあれは失礼だと思った。べつに『フロアに降りて演奏聴け』とまでは思わないよ？　でも爆笑はさすがにひどい」

憤《いきどお》るパーカーに煽《あお》られるように、セーターも語気を強める。

「しかも、ラストの『精霊流《しょうろう》し』のイントロだったよね。松岡くん、ヴァイオリン弾きにくかったでしょ」

「最悪だった」

松岡と呼ばれたフリースが、こちらのテーブルまで届きそうなほどのため息を漏らす。

情報が三つ手に入った。

フリースの名前が松岡であること。運んできた楽器のうち一台はヴァイオリンであること。そしてもう一つは、曲のタイトルだ。「精霊流し」といえばさだまさしの曲だ。正確には、さだまさしがソロになる前に組んでいたバンドの曲だったはずだ。たしか、「クレープ」？

「まほろば」の意味は知っていても音楽については通り一遍の知識しかないので、画面をワープロからウェブブラウザに切り替えて調べてみる。「クレープ」ではなく「グレープ」だったか。しかもグレープはバンドではなくフォークデュオだったようだ。人数の上ではとなりのフォークトリオの勝ちだ。

トリオが怒りを孕《はら》みつつ黙りこくっている間に、〈さだまさし　まほろば〉で検索してみる。思ったとおり「まほろば」もさだの曲で、歌詞は「春日山から飛火野辺り」で始まるようだ。春日山《かすがやま》、飛火野といえば奈良、すなわち大和が舞台の歌だ。

不服そうに顎《あご》を反らしたギターの背中で、パーカーのフードが柔らかく歪《ゆが》む。

「あの楽屋の爆笑には、星さんもライブのあとキレてたよね」

「いいよ、星さんの話は」

吐き捨てるように呟《つぶや》いたセーターの言葉が、私の耳にまではっきりと届く。彼女はとくにそうだが、ギターとヴァイオリンの声も張りがあってよく聞こえる。バンド活動で喉を鍛えられているからだろうか。

喫緊の課題である短編のことも一時《いっとき》忘れ、「星さん」とは誰なのかと耳をそばだててみたが、ギターが話題を変えてしまった。

「聞くのこわいんだけど、おれの曲、今日どうだった？」

彼らはさだまさしの曲だけでなく、オリジナル曲も演奏するらしい。

あきらかに言葉を選ぶ間が空いてから、ヴァイオリンの松岡が口を開く。

「『緋色《ひいろ》の海原』なんかは、キーボード的には楽しい。右手で3連符叩《たた》きながら左手で下降クリシェたどるとことか」

「うん、お客さんの頭も一緒に3連符のアタマ刻むのがおもしろいよね。見てて笑いそうになる」

　すかさずセーターが同調した。

　どうやら松岡は、ヴァイオリンとキーボードを兼任しているらしい。あのスナイパーライフルでも収められていそうな大きなケースの中身はキーボードか。ヴァイオリンと一緒に運ぶのはさぞ骨が折れることだろう。また、ステージではさぞ忙しいことだろう。

　照れと物足りなさを声に滲《にじ》ませ、ギターが続ける。

「でも、やっぱりさだ曲と比べるとお客さんの反応薄いよね。宇野ちゃんなんかリードボーカルだし、曲紹介もするからはっきり感じるでしょ」

「それはもう、しょうがないんじゃない？　お客さん、ほとんどがオーバー五十のさだ直撃世代だし、やっぱり思い入れの深さに何十年分も差があるから」

　つくろい笑顔で小首をかしげるセーターの声を聞きながら、私はパソコンに〈セーター＝ウノ　リードボーカル＆ギター〉とメモをした。続けて、〈バイオリン＆キーボード＝マツオカ　フリースの方　ギターのパーカー（早く名乗れ）は曲も作る〉と手早く入力する。

「そうなんだよなー。さだ世代しか聴きに来ないんだよなー。それも、ライブのたびに一人減り、二人減りしつつ」

ヴァイオリン兼キーボードの松岡が、ひとり言めかして呟きつつギターの顔を盗み見る。

「でも、若い人もちょっとは来てくれてるじゃん」

ギターの背中がこわばるのが、私の位置からはよく見えた。

「ほんとに『ちょっと』だけどね」

松岡の声に、皮肉の色が混じる。

「うん、なんか今日来てたよね、高校生くらいの女の子二人」セーターの宇野が、唇を尖《とが》らせた男たちをとりなす。「下手《しもて》の方にいたでしょ。出番終わったら後ろの方に下がってたから、あれ私たちを聴きに来てくれたんだよ」

深夜のファミレスには場違いなほど明るい声。宇野ちゃん、君、苦労してそうね。

「どうせ、常連さんの孫とかだよ」

松岡が、せっかくのとりなしを台無しにしてしまう。松岡お前、ヴァイオリン弾けるからっていい気になるなよ？

突然、ギターが立ち上がった。テーブルに緊張が走る中、空のグラスをひょいと手に取る。

「おかわりしてくる」

場の空気が、たちまち弛緩《しかん》した。

「……うん。いってらっしゃい」

喧嘩《けんか》にならずほっとしたらしく、宇野ちゃんが肩のこわばりを解きつつ小さく手を振る。

通路に出たところで、ギターがテーブルの二人を振り返った。

「何か取ってこようか？」

ギター兼ソングライターは、気配りの人のようだ。

「ううん、まだ大丈夫」

「俺も」

宇野ちゃんと松岡に見送られ、ギターはドリンクバーへと向かった。

二人と目を合わせぬよう、パソコンの画面に視線を固定したまま息をひそめる。

ギターの背中が観葉植物の向こうに消えたのを見計らって、宇野ちゃんがとなりに座るヴァイオリン男を睨《にら》みつけた。

「いまの言い方ひどくない？」

リードボーカルに咎《とが》められた松岡は、素直に頭を下げた。

「ごめん。なんか気持ちに余裕なくなってた。疲れてんのかも」

しゅんとした様子に、宇野ちゃんのまなざしから刺々《とげとげ》しさが消える。

「私も。ライブのあとだから頭はまだちょっと興奮してるんだけど、体と気持ちがぐったり」

「だよね」頷いてから、上目遣いに松岡が切り出した。「例の件、キッシーにはまだ言ってない？」

短い沈黙のあとで、宇野ちゃんがまた髪先をいじりだした。癖になっているようだ。

「言えてない。リハの前に言おうと思ってたけど、キッシーの顔見たら無理だった」

「……だよね」

キッシーというのは、ギターのニックネームだろう。岸田か、岸本か。

そんなことよりも、「例の件」というのが気になる。キッシーはまだ知らぬ、二人だけの秘密が存在するらしい。内容を知りたいが、二人はどこか居心地悪そうにコーラを口にしたり携帯電話をチェックしたりしている。首をもたげた「例の件」から視線をそらしているかのようだ。

おう、想像ついたぞ。二人はアレだな？　付き合ってんだな？

四十五の下世話な男が、腹の底でニタリと笑った。もちろん顔には出さず、無言のままパソコンに〈ギター＝あだ名キッシー　宇野ちゃんと松岡交際？〉と入力する。

　こんなことをしている場合ではないとわかってはいるが、若者らしく青いエピソードについ意識を引っぱられてしまう。バンドを組んだ経験はないが、たった三人のメンバーのうち二人が交際するとなると、いろいろと不都合な場面が増えてくることは想像がつく。

　二人が不都合な場面の具体例を話しださないものかと待っていたが、その前にキッシーが戻ってきてしまった。今度は温かい飲み物を選んだようで、白いカップを手に爽《さわ》やかに笑う。

「わかった」

　何がわかったのだろう。宇野ちゃんと松岡が切り出せずにいる「例の件」の内容か。

　静かに驚く私の視線の先に座り、キッシーが自説を開陳する。

「歌詞だ。打ち上げの店に行く途中で山口さんが言ってたんだけど、『まほろば』に『例えば君は待つと　黒髪に霜のふる迄《まで》　待てると云《い》ったがそれは　まるで宛《あ》て名のない手紙』ってパートあるじゃん？」

　歌詞を聞き書きする私のタイピングが突然速くなったことには気づかず、キッシーは続けた。

「あの『黒髪』のフレーズがステージにいる宇野ちゃんの黒い髪とリンクして、フロアから見てて鳥肌が止まらなかったって。ほかの人もたぶん同じだったんじゃん？　だから『まほろば』がウケたんだよ。山口さん、『宇野ちゃんの黒髪に霜のふる迄応援するよ』って言ってたし」

向かいの二人が抱える事情からはまったくかけ離れたエピソードに、キッシーはドリンクバーで思いを巡らせていたらしい。

長い黒髪の持ち主が、飲みかけのグラスを置いた。

「そのコメントを聞いて私はいま、悪寒《おかん》が止まらなくなってる」

「そこまで嫌い？　山口さんのこと」

キッシーの問いに、宇野ちゃんがきっぱりと頷く。

「山口さんだけじゃなくて、星さんも嫌い。あのヒゲメガネとピチピチボーダーのジジイども、二人とも大嫌い」

「でも二人とも、大学の頃からすごく応援してくれてるじゃん。サークルの超大先輩だし、知り合い何人もライブに連れてきてくれたし、この場にいなくてもジジイ呼ばわりはダメだよ」

〈山口&星＝ヒゲメガネ&ピチピチボーダージジイ　サークルの「超大先輩」で宇野の敵〉

筆が進む。本来の目的からはかけ離れた内容で。

「正直に言うと、俺も嫌い」松岡が、たまりかねて口を開いた。「息とか死ぬほどタバコ臭いしね。あと、すさまじく尊大だし、打ち上げでお酌とか忘れるとあからさまに機嫌悪くなるし」

「松岡もかよ。だけど、星さんと山口さんのことは悪く言ったらダメだよ。ライブはほぼ皆勤だし、打ち上げの飲み代とかおれたちの分まで毎回出してくれてるし、タバコ臭かったりちょっと口うるさかったりするくらいは耐えないと」

キッシーの返答に、宇野ちゃんが目を剝《む》いた。

「キッシー、それ本気で言ってる？」

「え？」

「『耐えないと』って、キッシー本気でそう思ってるの？　耐えた先に何があるの？　私、いつまで耐えればいいの？」

矢継ぎ早の質問に、となりのテーブルがまたも沈黙した。キッシーの表情はこちらからは見えないが、宇野ちゃんに見据えられてたじろいでいるのは明白だった。

誰かが口を開くのを待ちながらも、私の耳の奥では宇野ちゃんの言葉が繰り返されていた。

いつまで耐えればいいの——?

本当に、いつまで耐えればいいのだろう。彼らも、私も。

小説で十年あまりメシを食ってはきたが、よかったのは最初の四、五年だ。ろくな下調べも取材もせずに勢いだけで書いたデビュー作がとんとん拍子でアニメ化され、年収はサラリーマン時代の十年間の総収入を上回った。増刷に次ぐ増刷には、このまま死ぬまで薔薇《ばら》色《いろ》の日々が続くのではないかとさえ錯覚させられたものだ。

だがここ数年はじわじわと減っていく預金残高を横目に見つつ、本を刊行してはペンネームやタイトルで日に何度もネット検索をし、期待した反応を得られず落胆するという日々を送っている。

作品の出来と売り上げが反比例してゆく流れの中、一作上梓《じょうし》しては売り上げという現実に打ちのめされ、それでもまた自らを奮い立たせて執筆に取り掛かる。この苦境もいつか必ず報われると、そう自分に言い聞かせてきた。しかし、いったいいつまで耐えればいいのだろうか。

こんな気分のとき、酒が飲めたらどんなに楽なことか。飲んで騒いで憂《う》さを晴らすには、コーヒーは苦すぎる。

時間が止まってしまったようなとなりのテーブルに、動きがあった。

「飲み物取ってくる」

逃げるように立ち上がった松岡の腕を、宇野ちゃんがとっさに掴《つか》んだ。そして、黒髪の女性フォークシンガーらしからぬドスの利《き》いた声を発する。

「酒、飲むよ」

「えっ!?」

「宇野ちゃん、飲めないんじゃなかったの？」

松岡とキッシーの驚きの声は裏返り、まるで乙女のようだった。

「飲める」

「だって、大学のときだってぜんぜん飲めなかったし、コンパとか毎回ジュースだったじゃん」

「飲めなかったんじゃなくて、飲もうとしなかっただけ。会社入ってから、自分が案外いける口だってわかった」

乙女声のまま発せられたキッシーの質問をあっさり片付け、宇野ちゃんはテーブル上の呼び出しボタンを力強く押した。それからメニューを開く。

やってきた店員に「白ワイン。ボトルでください。グラスは三つで。あと、フライドポテト」と要領よく注文し、背もたれに体を預ける。

「おなか空《す》いちゃって」

「……はあ」

「……うん」

松岡はドリンクのグラスを摑んだまま、狐《きつね》につままれたような顔をしている。キッシーもそっくり同じ表情をしていることだろう。

「今夜は話長くなると思うけど、松岡くん、彼女に連絡しなくて大丈夫？」

宇野ちゃんが、思いがけぬことを口にした。

「あ、そっちは大丈夫。今日は向こうの実家に泊まりだから」

作家とは思えぬ未熟な観察眼が恥ずかしい。宇野ちゃんと松岡が付き合っているのではないかという推測は、四十五の下衆《げす》の勘繰りに過ぎなかったようだ。では、二人の言う「例の件」とは何を指すのだろう。

懲《こ》りずにさらなる下衆の勘繰りをしているうちに、となりのテーブルにワインが運ばれた。「一人っ子きょうだい」も社会人としての心得はあるようで、互いのグラスに飲み物を注ぎ、小さく乾杯をする。

「うん。これこそファミレスのワインの味。平べったい」

グラスを傾け苦笑する宇野ちゃんに、キッシーがこわごわ尋ねる。

「今日、打ち上げのあと『メンバーだけで反省会やろう』って誘われたときから『めずらしいなー』って思ってたんだけど」教師の叱声《しっせい》に身構える生徒のように、ギターは首をすくめた。「『今夜は話長くなる』って、どんな話？」

「うん、まあ、それこそ話せば長くなるんだけど――」

質問者は手のひらを突き出し、宇野ちゃんの回答を遮った。

「待って。『いつまで耐えればいいのか』って話については、その、現状、『もうしばらく』としか言えない。いちおうリーダーなのに、不甲斐《ふがい》なくってごめん」

〈ギター＝あだ名キッシー〉に〈リーダー〉と書き足す。

「まあ、足踏み状態なのは、俺たちの力不足でもあるから」松岡がグラスに視線を落とす。「最近は、練習時間もあまり取れてないし」

「会社、忙しい？」

キッシーに問われて「いちおう週休二日は確保できてるんだけど」と小さくなりながら答え、松岡は逃げるようにワイングラスを傾けた。

宇野ちゃんのグラスの中身は、すでに残り少なくなっている。

「まあ、それはしょうがないよ。彼女がいたらオフの時間ぜんぶ音楽に使うことはできないし。大学のときみたいに週五でスタジオ練習とかは、ね」

「よくやってたよなあ」キッシーが続く。「授業出てバイトもやりつつだもんね」

「いつ寝てたんだろ」

ヴァイオリン担当はそう遠くはないであろう昔を振り返り、ワインを飲み下す間に十も老《ふ》け込んでしまったような苦笑を浮かべた。

「週五はまあ、学祭とかの直前だけだったけど、でもバカみたいに練習してたよね」

話題が「超大先輩」たちへの不満から学生時代の出来事に移り、キッシーの声に安《あん》堵《ど》が滲む。宇野ちゃんの表情からも、「いつまで耐えればいいの？」と迫ったときの切迫感は薄れていた。

「プレッシャーがすごくて練習せざるを得なかった面はあるかも。四年生のときの5号館102教室札止は、今も破られてない記録みたいだし」

キッシーが大きく頷いた。

「あれはすごい光景だった。今でも夢に出てくるもん」

「あのときのキッシーのMC笑ったよ。『あの、僕たちさだまさしのカバーやってるフォークトリオなんですけど、なんでみなさんごった返してるんですか？』って」

「あー。言った言った。だって純粋に不思議で」

松岡の目尻《めじり》も下がる。

「なんか、夢のような時代だったね。毎年どんどん動員伸びてたし、『秋桜《コスモス》』のイントロでどよめきが起きたときは、ヴァイオリン弾きながら笑いそうになった」

ここしばらくは「足踏み状態」が続いているようだが、実力はあるらしい。さだまさしが「秋桜」を歌った当時はまだ影も形もなかっただろうカバーバンドの音楽が今の若者の心を摑んだという話は、さだ世代でもさだファンでもない私の耳にも心地よく響いた。

私が知っているさだまさしの曲は「関白宣言」や「北の国から」、「風に立つライオン」といった有名なものばかりだ。彼らより二十はさだまさしに歳が近い私でもその程度なのに、となりのテーブルの三人ときたらどうだ。一大学の一教室分の人数が相手とはいえ、彼の曲をイントロだけでどよめきが起こるほどにまで浸透させた二人の四年間は、なかなかの偉業と呼べるのではないか。いや、偉業であるのはさだまさしの曲の数々か。

ワインを口に運びながら、三人はしばらく学生時代の思い出話を続けた。運ばれてきたフライドポテトをつまみつつ、舞台裏のドタバタや軽音楽サークルにおけるもつれた人間関係などを思い出すままに語り合う。気分がほぐれたのか、キッシーなどは半身になって窓側の壁に背中を預け、いいペースでワイングラスを傾けている。

一方で私は、意識の半分を耳に傾けつつパソコンのキーを懸命に叩いていた。

如何《いか》なる天の配剤か、飲んでいるではないか、酒を。

いったいどういう方向に話が転がっていくかわからないが、彼らの言動を書き留めておけば「酒のある風景」のネタに繋《つな》げられるかもしれない。なに、担当の大内氏も電話で「酒さえありゃ中身はなんでもいいですから」と言っていたではないか。だったら利用させてもらわない手はない。こんな夜更けにもかかわらずネタのほうから楽器背負ってやってきてくれるとは、まったくいい店を選んだものだ。

そのネタたちが組んでいるバンドは、名前を「金糸雀《カナリア》」というらしい。ひょっとしたらと検索してみたところ、やはりさだまさしの曲のタイトルを引用したもののようだ。

それぞれが〝さだ沼〟に沈んだきっかけは「両親が毎年夏に長崎まで『さだ詣《もうで》』をしてたくらいのファンで、どう考えてもその影響」「中学生のときにテレビでたまたま『風に立つライオン』を聴いて、ラスト2小節の歌詞の意味がわかった瞬間に両目から涙が飛び出た」「ポップスでヴァイオリンがフィーチャーされるのはめずらしいなって思って、軽く掘ってみたら抜け出せなくなってた」といったものだったらしい。しかし「まちがった時代に生まれてしまった」せいで生活圏に〝さだ友達〟はおらず、大学に入って二人もの同好の士と出会ったときは「世界って広い！」と仰天したという。

微笑《ほほえ》ましい前日譚《ぜんじつたん》と初々《ういうい》しい結成時の逸話を聞いているうちに、私には宇野ちゃんと松岡が話していた「例の件」の中身がますます気になってきた。

口ぶりと漏れ聞こえてくる話から、明るい内容でないことは察しがつく。「タバコ臭く口うるさい超大先輩たちを打ち上げから排除しよう」という程度の提案ではないだろう。「あのジジイ二人とも大嫌い」「俺も嫌い」とためらいなく口にしているのだから、キッシーに切り出すのをためらう理由はないはずだ。

では、何を彼らは口ごもっているのだろう。

解散――。

その二文字が、私の脳裏をよぎった。考えられる話だ。「いつまで耐えればいいの」かわからぬ「足踏み状態」の中、宇野ちゃんと松岡は活動の終了を決意したのではないか。

彼らが奏《かな》でる音はたったの1小節も聴いていないけれど、解散はどうか思い留まってほしい。ただの友達ではないのだ。互いが世界の広さを教えてくれた仲間ではないか。

私としても足踏み状態、正直に言ってしまえば退潮傾向の中、それでも耐えた先に報われる日が来ると信じて足掻《あが》いているのだ。アマチュアバンドと作家という立場のちがいはあるが、境遇は同じようなものだ。その足掻きの果てが活動の停止というのはやりきれない。

いや、悲しい話を好む読者もいるだろう。今回の特集は小説誌に掲載後、アンソロジーとして文庫化される予定だとも聞いている。複数の作家がそれぞれの作風で綴《つづ》る「楽しい酒」や「しみじみする酒」、「ほっこりする酒」の話が並ぶ中、「悲しい酒」の話が一本くらい入っていたほうが、多様性に富んだ読み応《ごた》えのあるアンソロジーになるかもしれない。

しかし！　そんなものは！　まっぴらごめんだ！

ああそうとも。これは私個人の勝手な願望だ。エゴと言い換えてもいい。だが、我が近未来を暗示するようなバッドエンドは是が非でも避けたい。避けねばならない。

なにしろ境遇の面でも日程の面でもこちらは切羽詰まっているのだ。そもそも下戸でありながら「酒のある風景」というテーマのオーダーを受けたのも、これまで書いてこなかった題材に取り組むことで現状打破の手がかりを得られるのではないかと考えたからだ。

だから、たとえ一夜の幻でもいい。感情移入の果ての思い込みでもいい。彼らに希望を見たい。現状を打破してほしい。だいたい「悲しい酒」では、さだまさしではなく美空ひばりの世界ではないか。

むやみに熱くなりつつ入力を続け、三人が店に入ってきたところから、それぞれが在籍していた学部の風土、初ステージ、夏合宿のエピソード、はかなく散ったキッシーの恋、そして、二本目のワインが残り半分ほどになったつい十秒前の出来事までを書いたところで、松岡が「んあーう」と猫が鳴くような声を発した。文学部日本文学科を卒業したそうだが、その経歴を自ら踏みにじるかのような動物的表現だ。

「どうした？」

こちらにふやけた横顔を見せたまま、キッシーが問う。

「みんな、どこ行っちゃったんだよ」

「『みんな』って？」

「みんなだよ。大学の友達とかみんな。今日くらいのハコだったら入りきらないくらい聴きに来てくれてたのに、三年の間にどこ行っちゃったんだよ。顔見知り程度の人たちだけじゃなくて、よく知ってるはずのタマちゃんとか杉原君とか、動画撮ってくれてたミカとかさあ」

声が揺れている。この日本文学科卒のヴァイオリン兼キーボードは泣き上戸なのかもしれない。

問われたキッシーは視線をあちこちにさまよわせ、どうにか答えを搾《しぼ》り出した。

「だって、学生の頃とはちがって今はチケット代もらってるし、貴重な休みを潰して聴きに来いとは言えないよ」

「それを差し引いても人減りすぎだよ。キッシー、卒業前に『三年で結果出すから付き合って』って言ってたじゃん。三年前のちょうど今ごろだよ。だから付き合ってきたよ」松岡はもう、あきらかな涙声になっている。「まあ『プロになるのは無理だろうなー。会社辞める勇気もないしなー』って思ってはいたけど、でもなんか、いつかは『続けてきてよかったね』って笑える日が来る気がして、かったるい日もめんどくさい日も付き合ってきたよ。だけど、なんか結果出た？　どっかのレーベルから話来た？」

張りのある声に酒の酔いが手伝ってかまびすしかったテーブルが、とたんに静かになった。

BGMが、久しぶりに耳まで届く。イージーリスニングの時間は終わり、邦楽のインストゥルメンタルに変わっていた。今度は90年代からさらに遡《さかのぼ》り、私が子供だった頃のヒット曲の弦楽アレンジ版が流れている。サザンオールスターズか。彼らの活動期間もさだまさしと変わらず長い。どれほど長いのか数えるのも面倒になるほどの長さだ。

松岡が洟《はな》を啜《すす》る音にせっつかれたかのように、キッシーが居住まいを正した。

「やっぱり、さだ曲頼みじゃ限界あると思う。オリジナルのクオリティを上げないと」

「じゃー上げろよぉ、キッシーよぉ。まっさんがひれ伏すような曲作れよぉ」

松岡、出来上がってやがる。

「そんな、作れるんならもう作ってるよ」

うなだれるキッシーの背後で、私は〈さだ　まっさん〉で検索をしていた。どうやら「まっさん」は、さだファンが親しみを込めて呼ぶニックネームらしい。

「いいよなあ、キッシーは。曲が作れてさー」

「ちょっと、チェイサー取ってくるね」

松岡の酩酊《めいてい》ぶりを見た宇野ちゃんが立ち上がり、ドリンクバーに向かった。松岡以上の量を飲んでいるようだが、足取りに乱れはない。

「『ちぇいさー』って?」

「水」ヴァイオリン兼キーボードの質問に短く答え、リーダーは質問を返した。「ねえ、まっさんにあっておれにないものって、何かなあ」

しばらく考えを巡らせていた松岡が、指を一本ずつ折った。

「歌唱力。動員力。経済力。視力についてはたぶん、キッシーが勝ってる」

「……そうだね」

グラス三つを大摑みして戻ってきた宇野ちゃんに「ありがとう」と礼を言い、キッシーは同じ質問をぶつけた。ぶつけられた宇野ちゃんが、長い髪を梳きつつ話を少々ずらす。

「キッシー、アレンジのセンスはかなりあると思うよ」

「そっ!」松岡が大きく首肯した。「アレンジはいい。ドラムレスのベースレスなのに、足りてない感ないもん。まー、その分俺が忙しくなるんだけどね。だははは。腕が四本ほしいわ」

赤ワインが満たされたグラスに伸びる松岡の手を押さえ、宇野ちゃんは「しばらく水だけ飲んでなよ」とチェイサーを差し出した。松岡も素直に受け取る。

二度三度ためらう様子を見せてから、キッシーが再び二人に尋ねた。

「なんか、実際に演奏するメンバーに編曲を褒められてうれしいのはうれしいんだけど、そのー、ほかに気づいた点、とかは？」

今度は、すぐには返答がなかった。

おい、なんでもいいよ。なんか褒めてあげてくれ。紋切り型の褒め言葉でいい。音楽であれ文章であれ、ゼロから一を生み出す人間はそのひと言に救われるんだ。エゴサーチにかけては一家言あるこの私が言うんだからまちがいない。

「ねえねえ、はっきり言っていい？」

キッシーを酔眼で見つめていた松岡が、おそろしいことを口にした。やめろ。言うな。

「……いいよ」

氷を鳴らしてグラスの水を呷《あお》り、松岡は続けた。

「はっきり言うとね、キッシーの曲はさ、まっさんの劣化コピーに留まってんの」

嗚呼《ああ》。

「……劣化コピー」

ほら見ろ。キッシー、ショック受けちゃっただろ。

「うん。メロディとかアルペジオのパターンとかにさだ愛はビッシビシ感じるし、そこにシティポップとか渋谷系以降のニュアンスも織り込まれててキャッチーだとは思う。『一周回って新鮮』とかじゃなく、本気でそう思ってるよ。ただ、そこ止まりなんだなあ。なんといっても歌詞が弱い。弱いというか、拙《つたな》い」

「なんだよー」思い当たる節はあったようで、弱点を指摘されたリーダーは白々しい笑い声を発した。「そう思ってたんなら言ってよー」

「言う機会もなかったじゃん」口の中でぼやいてから、松岡はリードボーカルに話を振った。「宇野ちゃんは? キッシーの曲のダメなとこ言ってあげて」

「えっ、私?」髪先をいじる手の動きがせわしなくなった。「まあ、しいて言うなら、やっぱり歌詞かな。『感謝』とか『ありがとう』って言葉が必要以上に多いとは思う」

なるほどそれは拙い。

「でも、悪い言葉じゃないでしょ? 『感謝』も『ありがとう』も」

キッシーのささやかな抵抗を、松岡が即座に打ち砕いた。

「悪くない言葉でも、連呼されると陳腐になるんだなーこれが。そうだ、まっさんにあってキッシーにないものがはっきりした。語彙《ごい》だよ。もっと大きくとらえれば教養。まっさんには教養があるけどキッシーにはない。夢供養《ゆめくよう》。だははは」

最後の「夢供養」は何かしらの〝さだジョーク〟らしいが、私には意味が理解できなかった。あとで調べよう。

教養のないリーダーが、赤ワインをごぼりと呷る。

「言い訳じゃないけど、おれは曲が作りたいんであって、歌詞は二の次なんだよ。伝えたいメッセージとかとくに思いつかないし」

それは言い訳だろう。しかし言い分はわかる。天から二物を与えられる人間など、どの世界でもごくひと握りだ。

「でもなんかあるでしょ？　キッシー、学生の頃だけど『甲子園』の歌詞の素晴らしさを熱く語ってたじゃん」

松岡もしつこい。

「それは、『おれにはああいう発想はない』っていう、ソングライターの視点で感動したんだよ。『喫茶店のテレビから流れてくる高校野球の中継と、別れを予感している客席の男女』っていうコントラストがすごいし」

「たしかに。あの曲、暑い甲子園で青春の終わりを迎えつつある高校球児と、エアコンが効いた喫茶店で青春の終わりを迎えつつある男女を、こう、重ねつつ動と静で対比させているんだよね」

　二人ともさだまさしの歌を聴き込んできたのがよくわかる話しぶりだが、作詞をせぬ松岡の解釈のほうが場面を想像しやすい。

「あと、優勝校以外の敗退したチームもたった一敗しかしてないって、おれには盲点だったもん。そこに気づけるのが教養なのかもしれないけど、『野球をモチーフにしてこんなウルッとくる歌詞が書けるんだ』ってすごいショック受けたんだよ」

「コントラストがすごい」「ウルッとくる」「すごいショック」という表現を聞くかぎり、たしかにキッシーに文章家の素養はないようだ。

「で、『感謝』『ありがとう』か」

　しつこいぞ松岡。

「あのさあ」キッシーの声が尖りを帯びる。「そんなにグチャグチャ言うんなら、松岡も一回歌詞書いてみればいいじゃん」

「いや、そんなに怒んなくても――」

「あっ、そうそうそう！」二人の顔を見比べておろおろしていた宇野ちゃんが、唐突に腰を浮かせた。「キッシーへの注文はわかった。歌詞ね。じゃあ、じゃあ、私への注文は？　至らないところとかある？」

宇野ちゃんは心優しい人だ。心優しいあまり自ら矢面に立ち、嫌なことも耐えてしまうのだろう。

となりに顔を向けた松岡が、ワイングラスを口元に寄せつつ答えた。

「いやー、宇野ちゃんへの注文なんてなんもないよ。しいて言えば、ＭＣがヘタ。歌は堂々としてるのにトークになるとしどろもどろで挙動不審」

「なんもないよ」と安心させたそばから欠点を立て続けに指摘するとは。この男は酒との付き合い方を再考したほうがよさそうだ。

宇野ちゃんが、髪の先を指に巻きつける。

「……まあ、自覚はしてた。歌詞をまちがえないようにっていうところにどうしても気を取られるし、元々アドリブとか苦手だから。私のグダグダな喋《しゃべ》りをキッシーか松岡くんがフォローするまでが一ターン、みたいな流れが確立しちゃってるよね」

弁明に小さく頷いていたキッシーが、水を三口ばかり飲んでからリードボーカルを見据えた。

「こういうときだけバンドリーダー面《づら》するのもアレだけど、せっかくの反省会だし、思ってたこと言わせてもらうね。宇野ちゃんのＭＣ、しどろもどろでグダグダなままでもいいと思うよ。フォローせざるを得ないからおれたちとの絡《から》みも生まれるんだし。ただ、トークしながら髪をいじる癖はやめてほしい」

　まさにいま髪をいじっていた宇野ちゃんが、あわてて膝《ひざ》の上に右手を戻した。

「いじってる？　ステージで？」

「言われてみれば、よく見る光景だねえ」

　呑気《のんき》に追撃する松岡を一瞥《いちべつ》してから、キッシーは宇野ちゃんに視線を戻した。

「たぶん、緊張すると無意識に出るんだと思うんだけど、見ていて落ち着かない。お客さんも落ち着かないと思う」

「……そうだね」

　髪に触れようと動きかけた右手が、宙をさまよってからワイングラスに伸びる。

「ほら、キッシーがずけずけ言うから、宇野ちゃん緊張しちゃってんじゃん」

　手元を指さした松岡を、当の宇野ちゃんがたしなめた。

「あのさ、なんか欠点指摘大会みたいになっちゃったから言うけど、松岡くんもキッシーに突っかかる癖やめたら？　酒が入るととくにひどい。聞いてて気分悪くなるときあるもん」

「いや、突っかかるっていうか……」

弁解しかけた松岡が口をつぐみ、宇野ちゃんが小声で詫《わ》びる。

「ごめん。こっちが飲ませたのに」

何度目かの長い沈黙が、となりのテーブルを支配した。

松岡はワインとチェイサーを交互に口に運び、宇野ちゃんは髪に触れようとしては我に返って手を下ろし、キッシーは三人分の水を汲《く》みに一度、そしてトイレに一度立った。

その間に私もドリンクバーでコーヒーを調達してきたが、時刻は午前一時を回り、見える範囲では私たちのほかに客は三人にまで減っていた。

「霧、すごいよ」

テーブルに戻ったキッシーの言葉に、宇野ちゃんと松岡が窓の外に目を向けた。無数の水滴が作りだす乳白色に包まれ、信号の赤や青も道路照明のオレンジ色も溶けて形を失っている。

酔いの回った目で霧を見つめていた松岡が、久しぶりに口を開いた。

「なんかさ、ずっとこんな光景の中にいるよね」

「うん？」

「俺たち三人。目標とか、初心とか、あと、やりがいとか、そんなのをぜんぶ呑《の》み込んだ分厚い霧に向かって、三人でむやみに小石を投げてるイメージ。でも、小石は霧に吸い込まれるだけで、誰も投げ返してこない」

君たち三人だけではない。私もだ。ずっと霧の中にいる。

リーダーが、ヴァイオリン兼キーボードにそっと尋ねた。

「初心をキープするのはむずかしいとして、今の金糸雀の活動にやりがい、ない？」

小首をかしげてから、松岡がためらいがちに頷く。

「学生のときはあったよ、すごく。でも今はない。変化も成長も感じられなくて、ライブに来てくれる人もじわじわ減ってきてて、今日の打ち上げなんか、俺たち含めて出席者七人だよ。それも、そのうちの二人の機嫌を五人で取る地獄の集いみたいになってて」

「たしかに打ち上げは、望んだ形にはなってないけど——」

キッシーの弁解を許さず、松岡は訴えを続けた。

「ねえキッシー、俺こんなの嫌だよ。なんか手応えがほしいよ。学生の頃は楽しかったじゃん。お客さんが増えたからだけじゃないよ。三人で音合わせするだけでも楽しかったじゃん。俺、お酌じゃなくて音楽をやりたいよ。小石を投げるんなら、狙《ねら》う的が見えないと疲れるよ。ていうかもう、疲れちゃったよ。……なんか俺、またキッシーに突っかかってるね。ごめんね」

ふうふうと息をつきながら、松岡は胸につかえていたものを吐きだした。

さだまさしや桑田佳祐も、霧の中で小石を投げ続けたことはあるのだろうか。

松岡の訴えを書き留めつつ、私はそんな想像をしてみた。人も羨《うらや》む人生にも、徒労感は忍び寄るものなのだろうか。

「いや、謝ることじゃないよ。今のは突っかかるとかじゃなくて、松岡の意見だもん」リーダーらしく鷹揚《おうよう》に頷いてから、キッシーは小物じみた仕草で首をすくめた。

「ただ、なんていうか、音楽でいまいちうまくいってないのと、打ち上げがつらいのは分けて考えてもらうとありがたいんだけど、ダメかな」

「どういうこと？」

尋ねたのは松岡ではなく、黙って聞いていた宇野ちゃんだった。ルビー色の液体が、グラスの中で不規則に揺れる。

「うん、嫌なのはわかるけど、打ち上げの二時間だけはできれば我慢してもらえるとありがたい。星さんはただの軽音ＯＢだけど、山口さんはけっこう業界に顔が利く人だから。あの二人仲いいし、どっちかの機嫌を損ねて変な噂《うわさ》とか流されると――」

「潰される、ていうこと？」

キッシーが、ゆっくりと頷いた。

「実際、そうなった前例もあるみたい。二年前かな？　ギターのサポート頼まれて、OB・OG総会におれが顔出したことあったでしょ。そのとき、五個上のOGの人から聞かされた。『持ち上げられて、叩き落とされたよ。気をつけて』って」

「だから、これからも耐え続けよう、と」

「……まあ、できれば」

ワインでは変わらなかった宇野ちゃんの顔色が、たちまち赤くなった。

「やだよ、そんなの。ものすごく嫌」

「だけどさ、おれたちの音楽が音楽以外の理由で壊されたりしたら、そんなつらい未来ないでしょ」

「じゃあ、音楽やりたいのに音楽以外のことにすり減らされている現状は？　私は未来じゃなくて、リアルタイムでつらいんだよ。私たち、あのヒゲメガネとピチピチボーダーのジジイ二人を喜ばせるために音楽やってるの？　ライブの動員は私たちに原因があるかもしれないけど、打ち上げの人数の減り方はもっと極端だし、そこはあきらかに山口と星が原因でしょ。あんなのがでかい顔してるからみんな寄り付かなくなるんだよ」

唇を震わせる宇野ちゃんの姿に、キッシーも松岡も言葉を失ってしまった。

「今日は人数少なかったからセクハラは封印してたみたいだけど、十一月のライブの打ち上げ、なんて言われたと思う？　『もしも地球上の人類が俺とこいつと宇野ちゃんの三人だけになったとしたら、宇野ちゃん、どっちの遺伝子選ぶ？』だよ？　愛想笑いで受け流したけど、心の声は『人類滅亡がいいでーす』一択だよ。酒だって、飲めるのあいつらにバレたら何仕込まれるかわかんないから、ずっと飲めないふりしてきたんだよ。私もほかのバンドの人たちみたいに、演奏して、撤収して、メンバーとか、業界に顔は利かなくても気が合う人たちと『かんぱーい』って楽しく打ち上げやりたいよ。でも、なんなの、金糸雀が置かれたこの状況。こんな苦痛がこの先もずっと続くんなら――」

その先を、宇野ちゃんはためらった。喉まで出かかっている「解散」の二文字を発するべきか、苦い顔で逡巡《しゅんじゅん》している。

言わないでくれ、頼む。このまま喧嘩別れをするのは君たちだって不本意だろう。せっかくお互いの本音を引き出せたのだから、指摘された反省点を次のライブに生かしてくれ。つらいだけの打ち上げなんて行く必要はないから。

判決を待つ被告のように身構えた私の耳に、「うふー」という苦しげな声が届いた。

松岡が、背もたれに体を預けて呻《うめ》いている。

「どうしたの?」蒼白《そうはく》になって喘《あえ》ぐ松岡の口元に耳を寄せた宇野ちゃんが、目を丸くしてキッシーに訴えかけた。「どうしよう。気持ち悪いって」

リーダーはすぐさま松岡のそばに駆け寄り、「大丈夫?」「トイレ行く?」と矢継ぎ早に尋ねた。かすかに頷いた松岡をどうにか立たせ、暴発寸前のヴァイオリン兼キーボードに刺激を与えぬよう、慎重な足取りでトイレへ誘導する。

男たちが通路を折れてトイレの方向へ消えるのを見届けてから、テーブルに残された宇野ちゃんと視線を交わす。

しまった。

バンドに肩入れするあまりつい知り合いのような顔をしてしまったが、彼女にとって私はただの背景ではないか。存在を認識されてしまっては、もうこれまでのように開けっ広げに会話はしてくれなくなるにちがいない。ましてや私は、年齢の上では彼女よりもジジイたちに近いはずだ。厳重に警戒されてしまうだろう。

彼女のいぶかしげな視線を額のあたりに感じつつ、無関心を装《よそお》って出鱈目《でたらめ》にキーボードを叩く。

宇野ちゃんは何度かトイレの方を振り返り、ワインを飲むと、静かに立ち上がった。

ドリンクバーに行くんだよな？　というこちらの願いもむなしく、私のシートのそばで歩みを止める。

「あのっ」

来た。

何を言われるのだ。「盗み聞きはやめてください」か。「こっち見ないでください」か。

「……はい」

私がこわごわ顔を上げると、宇野ちゃんは硬い動きで低頭した。

「あの、騒々しくてすみません。お仕事のご迷惑ではなかったですか」

「えっ？　やっ、はあ、べつに、大丈夫っす」

想定外の言葉に、宇野ちゃんのＭＣもかくやというしどろもどろな返答をしてしまった。

「そうですか。とにかくすみません」

会釈《えしやく》して席に戻りかけた宇野ちゃんは、足を止めるとこわばった面持ちでこちらを振り返った。

「あの、ちょっといいですか」

「ははい？」

「初対面の方にこんなことお尋ねするのは失礼かもしれませんけど、たとえば見通しゼロの八方塞《はっぽうふさ》がりのときって、どうやって気持ちを切り替えてます？」

松岡とは比較にならぬほどしっかりしているが、彼女も酔っているのだろう。そして、迷っているのだろう。見知らぬ中年男に助言を求めてしまうほどに。

「そうですねえ……」気が動転してしまって頭が働かない。「あ、エゴサーチなんかいいですよ、エゴサーチ。批判は薄目で読み飛ばして、好意的な意見だけ繰り返し熟読するんです。褒められるとやる気が出ますよ」

何を口走っているのだ私は。うろたえるあまり愚にもつかぬ癖《へき》を披瀝《ひれき》してしまうとは。

「はあ、エゴサーチ、ですか……」

きょとんとした顔で会釈をすると、宇野ちゃんは席へと引き返した。

恥ずかしくて顔を上げられない。彼女の倍ちかい人生経験から抽出できた助言が「エゴサーチなんかいいですよ」だとは。

コーヒーを飲み、窓の外の霧を見つめ、またコーヒーを飲み、顔の火照《ほて》りが冷めるのを待つ。

ＰＣの画面に視線を戻す拍子に、宇野ちゃんの様子が目に入った。携帯電話を熱心に操作している。きっと、アドバイスに従ってバンド名で検索をしているのだろう。先ほどの間抜けなやりとりを思い出し、また顔が熱くなってくる。

やがて、彼女の目が大きく見開かれた。無責任な助言をしてしまって申し訳ない。いま目にしているのがどうか好意的な意見であってほしい。打ち上げでつらい思いをしてさらにネットで批判されたとあっては、バンドを続ける気力が枯れ果ててしまう。

宇野ちゃんは携帯電話を握りしめたままトイレの方向を振り返り、ワインを傾け、また振り返り、ボトルの底に残った液体を自分のグラスに注ぎ、またも振り返り、グラスを空けた。ようやく戻ってきたキッシーと松岡を、通路の途中まで迎えに出る。

「遅かったじゃん。何してたの？」

「うん、胃の中はすぐきれいになったんだけど、まあちょっと、交渉を」

キッシーはそう答え、二人を元の席に座らせた。

「交渉って……、まさか殴り合いとかしてないよね」

「あ、大丈夫大丈夫」いくらか血色の戻った顔で、松岡が答える。「殴る代わりに背中さすってくれた。キッシー、やっぱりリーダーだなあ」

「でへへへへ」

笑い合う男どもを「それはともかく」と制し、宇野ちゃんがテーブルの中央に携帯電話を置いた。「これ読んで」

「かったるいー」

だいぶ元気を取り戻した松岡が、大げさに天井を仰ぐ。

「じゃ読むわ」宇野ちゃんは仏頂面で端末を手に取ると、すぐに機嫌を直した。「いまちょっと『金糸雀』で各種ＳＮＳをざっと検索してみたんですけどね、『ゆーり』というアカウント名の子の、こんな発言を発見しました。ちょっと聞いて。『今日はななちーと二人で』――」

「ななちー？」

「友達のあだ名でしょ」キッシーの質問を簡単に片付け、宇野ちゃんはメッセージを読み直した。「『今日はななちーと二人で念願の金糸雀ライブ初参戦してきた！　私のフォロワーさん誰も金糸雀知らないかも…。お客さん年齢層高かったし…。でもライブハウス行くの初めてで緊張したけど生で聴けて最高！　カバーもオリジナルもとにかく最高！　トークがグダグダなのもまたかわいい。みんな聴いて！』だそうです」

「おおおーっ」

男どものどよめきが、夜更けのファミリーレストランの一角に満ちた。

メッセージの発信元はおそらく、今日演奏を聴きに来ていたという「出番終わったら後ろの方に下がってた高校生くらいの女の子二人」のどちらかだろう。

「ほらー、常連さんの孫じゃなかったじゃーん」

「うれしいなあ。うれしいなあ。ありがてえなあ」

キッシーと松岡が、テーブルに伸ばした互いの手を取る。携帯電話の画面を操作し、宇野ちゃんは追加情報をもたらした。

「この『ゆーり』ちゃん、やっぱり高校生だよ。プロフィールに『JK2／ギター部』って書いてあるし。金糸雀のアカウントもフォローしてくれてる」

「あ、音楽やる子なんだ。何がきっかけで金糸雀知ったんだろう」

鬱憤《うっぷん》とアルコールを吐き出したおかげか、松岡はどこかすっきりとした面持ちだ。

「あれかな、動画見つけてくれたのかな」

キッシーの声も弾む。

「そうみたいだよ。続きのメッセージにURL貼《は》ってあるもん。でも、こっちにはちょっと気になる一文もありまして……」

男たちが息を詰める中、リードボーカルが少女の告白を読み上げた。

「『ただ、一つだけ嫌なことがあった。ライブのあとメンバーさんに感想伝えたくてじわじわ近づいていったら、関係者（？）のおじさんたちに「ダメダメメッ」って追い払われた…。それ以外はほんと最高の土曜だった。みんな聴けー』と、このように仰《おつしや》ってます」

「関係者の？」

「おじさんたち？」

キッシーと松岡が顔を見合わせ、宇野ちゃんが吐き捨てるように言った。

「思い当たるのは、あの二人しかいないよね」

松岡は窓外の霧を睨み、キッシーはテーブルの上で拳《こぶし》を固める。

「そんなことしてたんだ、俺たちのお客さんに」

「動員減って当然だよ」

テーブルが、しばし静まる。

今度の沈黙は、どこか様子がちがっていた。それまでのような息苦しさのない、むしろ荒々しい熱気を感じさせる無言の時間だった。

キッシーが、リーダーの声で切り出した。

「連絡取れないかな、この子と」

「今から？　もう一時過ぎてるから悪いよ」

首をかしげる松岡に、宇野ちゃんが首を横に振ってみせた。

「まだ起きてると思うよ。この投稿、十二分前のものだし。あ、また更新。『余韻で寝れねーっ』だって」

「よし、バンドのアカウントで返信だ」

キッシーの号令の下、文学部卒の松岡を中心に文案が練られ、宇野ちゃんの「ていっ」という謎《なぞ》の気合いとともにダイレクトメッセージが送信された。私がメモしたところでは、このようなものらしい。

〈こんばんは。夜分に突然のご連絡失礼します。金糸雀の宇野です。本日（昨日？）はTurn! Turn! Turn! & Turn!! Vol.4にお越しいただきありがとうございました。お楽しみいただけましたでしょうか。ところで、差し支えなければ『関係者（？）のおじさんたち』の特徴を教えていただけないでしょうか〉

とりたてて文学部らしさも感じられぬ文面だったが、作業を終えた三人の間には淡い高揚感が漂うのが見て取れた。

返信を待つ間、宇野ちゃんは空であることを失念してグラスにワインを注ぎ、名残り惜しそうに滴《しずく》を口に流し込んでから二人に尋ねた。

「そうだ。トイレで交渉って、何してたの？　私に話せること？」

松岡が照れくさそうに身をよじり、キッシーが肩をすくめながら答えた。

「作詞をお願いしたんだよ、オリジナル曲の。どう考えてもおれより松岡のほうが語彙が多くて適任だから」

たしかに、「感謝」「ありがとう」のキッシーよりは松岡のほうが表現力は高いだろう。彼が口にした白い霧の喩《たと》えなど、若い割には悪くない。

「で、返事は？」

「うん、結局オーケーしてくれたんだけど、でも最初は——」

松岡が引き継ぐ。

「『やだ』って言った。洗面台で口すすぎながら。だって、歌詞って人間の中身がベロリと曝《さら》け出されるもんでしょ？　そんなの彼女とか家族に聴かれるのは恥ずかしいし、それに、誰かにギタギタに批判されたら立ち直れないレベルのダメージ食らいそうで」

なに、中身をベロリと曝け出すのも、小説の二、三作も世に出せば慣れちまうもんよ。

「なるほどねえ」宇野ちゃんが、ニヤニヤしながら頬杖《ほおづえ》をつく。「でも結局オーケーしたんでしょ？　なんで？」

腕を組み、松岡が思案する。

「あれかな。キッシーに『グチャグチャ言うんなら一回歌詞書いてみればいいじゃん』って言われたのが効いたのかな。俺はキッシーの歌詞を『劣化コピー』とか『語彙がない』って批判したけど、あれ、俺が言われたくないことでもあるんだよね」

松岡がキッシーに突っかかっていた理由が、私にはわかる気がした。周囲の評価も羞恥心《しゅうちしん》もお構いなしで作品を発表できてしまうキッシーを、批評眼の備わったこの若者は心の奥底で羨望《せんぼう》し、嫉妬《しっと》していたのだろう。

「酒が回っていたとはいえ、ひどい言い草だったもんねぇ」

んふふ、と宇野ちゃんが含み笑いをする。

「うん、我ながらひどいね。だから、十九歳の頃から一緒にやってきた友達にそういう言葉をぶつけるだけぶつけて解散っていうのは――」

「……やっぱり、解散考えてたの？」

キッシーの発した問いに、松岡と宇野ちゃんは一瞬動きを止めた。

「だから、まあ、この反省会の成り行きによってはそういうオプションもあるかなと、うん、そういうことは頭にあった」

松岡に続いて、宇野ちゃんも弁解する。

「もちろん、バンドの内部には不満はないんだよ? ただ、外部の二人には不満しかなくて。これからもアレがまとわりついてくるんなら、とは考えてた」

「そうだったのか……。おれ、ただの言い訳だけど、宇野ちゃんがそんなひどいこと言われて耐えてるの初めて知った。ガードできなくてごめん」

キッシーが深々と頭を下げ、宇野ちゃんの視界の中に私がまともに入った。しかし、彼女はもう私など見てはいなかった。

「やってよかったね、キッシー」

「何を?」

「反省会。二人が考えてることがいろいろわかった」

「ほんと、俺もそう思う」松岡が真顔で頷く。「こんなに突っ込んで話したの、学生のとき以来? なんでやらなくなったの? キッシー」

「二人とも忙しいだろうから悪いなーって、必要以上に遠慮してたんだよ」

頬杖を突いたまま、宇野ちゃんがぐいと身を乗り出す。

「必要以上に遠慮してた相手は、私と松岡くんの二人以外にもいるんじゃん?」

「えっ……」

テーブルの上で、携帯電話が大きく振動した。「うおっ」と小さく叫び、リードボーカルが震える端末を手に取る。

「ゆーり」からの最初の返信は、〈ぎゃーっっ!!!!〉という叫びだった。それから〈本当に宇野さんですか？〉〈無理…………死ぬ…………〉といったものが続き、質問に対しての回答は、六度目の返信でようやくもたらされた。宇野ちゃんが読み上げる。

「来ました。えー、我らが『ゆーり』ちゃんを追い払った『関係者のおじさんたち』の特徴についてです。『一人は短髪でヒゲを生やした業界人ぽい眼鏡の男性で、もう一人は体にピタッとしたボーダーシャツを着てました』。……完っ全に山口と星だわ」

松岡が、あらたまった調子でキッシーに伺いを立てる。

「どうします？　リーダー」

リーダーは、リードボーカルとヴァイオリン兼キーボードのそれぞれと視線を交わし、それから宣言した。

「もう遠慮はしない。嫌がらせされても戦う。山口と星の両名、金糸雀には今後一切接近禁止！」

「いえーっ！」

「やったーっ！」

金糸雀たちの快哉《かいさい》を聞きながら、私は帰り支度を始めた。

ここから先は彼らの物語だ。もうメモを取る必要はない。

ただ、ここまでのことは短編のネタにさせてもらうよ。あの的確な助言のコーチ料だ。なに、名前やシチュエーションは変えるから安心してほしい。

入店時とは打って変わって陽気な声で続けられる「よし、『ゆーり』ちゃんにお礼言ったら乾杯しよう」「やー、もうワインはいいよ」「じゃあ、せっかくだからまっさんの曲にちなんだソフトドリンクにしない？」「何？　まっさんの曲にちなんだソフトドリンクって」「シナモン・ティー」「ソーダ水」「置いてるかなあ」というやりとりを背にレジに向かう。

会計を済ませ、凍えるような一月の夜気の中に出る。霧の街は人っ子一人歩いていない。

ノートパソコンを納めたショルダーバッグを襷《たすき》がけにし、冷えきった大気を胸いっぱいに吸い、吐く。

それから私は、真っ白な霧を平泳ぎの要領で掻《か》き分け掻き分け仕事部屋へと急いだ。

奇酒は貴州に在り

小泉武夫

小泉武夫（こいずみ・たけお）
1943年、福島県の酒造家に生まれる。東京農業大学名誉教授。農学博士。専門は発酵学、醸造学、食文化論。著書に『不味い！』『発酵は錬金術である』『絶倫食』『猟師の肉は腐らない』『漬け物大全　世界の発酵食品探訪記』など多数。

中国には「針小棒大」の故事をさらに大きく超えるような恐ろしいほどの誇大表現がある。例えば「白髪三千丈」は、長年の憂《うれ》いが重なって白髪が長く伸びたことを誇張して言った言葉、「船頭多くして船山に登る」は、「一艘《そう》の船に船頭が何人もいたら、船はおかしな方向へ進んでしまい山に登ってしまう」の故事である。

俺は前々から、このような中国の故事とその来歴について興味を持っていたのであるが、何分にも食いしん坊大先生であるので、そのうちに食べることや酒飲みに関しての誇大表現あるいは大風呂敷《おおぶろしきばなし》に関心が集中するようになった。そして暇を見ては趣味の領域内で中国の書物を漁《あさ》ったのであったが、そこでは眉唾《まゆつば》ものや法螺《ほら》の域を遥《はる》かに超えた堂々たる誇張噺に幾度も出くわし、大いに楽しませていただいたものである。

そんな中に一度飲めば千年は生きられる『千年酒』という不老不死の酒の話があっ

た。前漢の第7代皇帝であった武帝の時の話で、その家臣に東方朔《とうほうさく》という道士（政治家）がいた。この人物はなかなか抜け目がなく、狡賢《ずるがし》こさもあった。其《そ》の頃、岳陽の酒香山に棲《す》む仙人が醸《かも》した不老不死の仙人酒を武帝が手に入れ、その酒をチビリ、チビリと飲《や》りながら我が身の不死を信じていた。ところがその酒を東方朔が人目を忍んで盗み飲みしたのが発覚し、武帝は激怒して斬首《ざんしゅ》の刑にしようとした。しかしその男、平気で「御成敗《ごせいばい》は喜んでお受けしましょう。併《しか》し私は不死の酒を飲んだ者でありますから、陛下が切ったとしても死なないでしょう。若《も》し万が一私が死ぬということになりますれば、不死の酒は効力のない事になりましょうや」と逆襲した。さすがの武帝、暫《しば》く考えていたが、悟るところがあって斬首刑を取消したという話である。その後東方朔は何処《どこ》ともなく消えて行って行方不明になったのであるが、死んだものか、それともまだ何処かで生きているかの論争はその後千年もの間、中国で真実《まこと》しやかに続いたということである。

俺はこの話を中国の書物でみつけたとき、千年酒がその後千年間もの論争と結びついた話の壮大さに感動したものであった。ところがその千年酒の噺に比べれば、その後に見つけた『千日酒』という噺は、数字のスケールは小さいけれども、話の内容はこちらの方が堂々とした大風呂敷を広げていて大好きである。なにせ一杯飲めば千日の間は酔いが醒《さ》めないというから驚愕《きょうがく》である。昔、中山《ちゅうざん》に酒造りの名人で狄希《てっき》という人がいて、世にも稀《まれ》なる不思議な酒を醸していた。その酒は盃《さかずき》で一杯飲むだけで千日の間は酔ったままで醒めないというので「千日酒」と呼ばれていた。その中山に劉玄《りゅうげん》石《せき》という酒の大好きな男がいて、ある時是非狄希の造った酒を飲んでみたいと願い、その店に行って一杯飲ませてくれと言った。すると狄希は、

「まだ十分に熟していないから、あと少ししてから売ろう」

と言う。しかし玄石は、

「せっかくこうして訪ねてきたのだし、何よりもその酒を飲みたくて夢にまで見たのだ。熟成してなくてもよい。せめて一杯だけでいいから売ってくれないか。頼む、是非飲ませてくれ」

と哀願する。狄希は玄石の真剣さと気迫に負け、仕方なく一杯だけ出してやった。玄石はその酒の美味《おい》しさに舌鼓《したつづみ》を打って飲み、

「ああ、さすがだなあ。噂《うわさ》に聞いてはいたが見事な酒じゃ。せっかくだからもう一杯くれないか」

と、またもや所望する。狄希は、

「今日はもう出せないから千日過ぎたら来い。この酒は一杯で千日酔うのだから、早

く家に帰って寝る仕度をするがいい」

　と言うのである。玄石はふらふらと千鳥足で家に帰るや、直《す》ぐに寝床に倒れ、そのまま昏々《こんこん》と深い眠りに落ち、翌日も其の翌日もまた其の翌日も起き上らない。家の人たちは、そのような酒を飲んだとは知らないので死んだものと思い、泣きながら野辺の送りをすませ、後々の供養《くよう》も型の如《ごと》くに執り行い、いつしか三年の月日が過ぎた。

　こちらは酒造家の狄希、三年前に玄石に酒を売ってから早千日になる。もうそろそろ醒めたころであろうと、玄石の家へ訪問してみると、妻の、

「主人は三年前亡《な》くなったので埋葬してある」

　との返事に、狄希はあわてず、

「それは斯々《かくかく》の次第であって、決して死んだのではないから直ぐに発掘しましょう」

　という事になり、家人と共に墓地に行って掘り始めると、棺《ひつぎ》の上から一種の生気がゆらゆらと立ち登る。一同は、

「これは確かに生きている証拠だ」

　と大いに力を得て棺を開けてみると、ちょうどその時、正に酔いが醒めた玄石は、大きな欠伸《あくび》をしながら手を伸ばし、

「ああ、実にいい酒だったなあ。何と気持ちの良い酔心地《よいごこち》だったこと。さて今何時か

なあ。ああ腹減った。誰か月餅《げっぺい》か杏仁豆腐《あんにんどうふ》、それから焼賣《シュウマイ》と春捲《はるまき》あたりを急いで持ってきておくれ」

と言って元気である。その時、まだ少し酒気が残っていた玄石の吐息を嗅《か》いだ家人たちは、その場に打ち倒れて三日三晩酔いつぶれて臥《ふ》し、四日目に醒めたのを玄石が介抱したということである。

とにかく中国には、酒にまつわる誇大な噺がとても多いので、俺はさらにさまざまな書を探っていたところ、今から凡《およ》そ１００年ほど前に書かれた『中国名酒誌外伝《ちゅうごくめいしゅしげでん》』という本に興味深い酒の記述を見つけた。そこには大要、次のようなことが書いてあった。

「中国の酒の歴史上、最も珍貴ともいうべき畏敬《いけい》の名酒が今に伝承されている。この酒は今から１５０年前の清《しん》の第６代皇帝乾隆帝《けんりゅうてい》の下で造られたものである。乾隆帝はこの酒を常に身の側に侍衛《じえい》して不老長寿を実践し、90歳まで長生きした。この酒は万《よろず》の病を除翦《じょせん》する酒で『満殿香酒《マンデイエンシャンチュウ》』という。その製法並びに貯酒は貴州国貴陽酒廠《きようしゅしょう》に伝わる」とある。

俺はこれを読んで心を熱くした。それは、ある別の書物で読んだことがあるのだが、中国の地方行政省は歴史を通して生まれた多くの文化遺産を民族の証《あか》しとして永く保存することを頑《かたくな》に守ってきた、という記述を思い出したからである。このことからたとえ100年前の文献とはいえ、その幻の酒はきっと今でも貴陽市に残されていると思ったからである。

年号が昭和の最後の年、正確に言うと平成元年8月27日の午後3時半、俺は上海《シャンハイ》の虹橋《ホンチャオ》空港に着いた。成田国際空港から約4時間の空の旅であったが、中国でのこれからの幻の酒の探索を思うと心は晴れ渡って溌剌《はつらつ》としていた。空港では、あらかじめ中国語の通訳を頼んでいた中国東方旅遊公司社員の張文清氏と落ち合った。その日は上海に泊り、翌日空路で貴陽市に入った。貴陽市は貴州省の省都で、周囲を山に囲まれた海抜1070メートルの高地にあり、人口は500万人を超す大きな街である。貴陽龍洞堡《りゅうとうほう》国際空港からタクシーで市の中心部に入ってみると、そこは人ごみと自動車、バイク、自転車で溢《あふ》れ喧騒《けんそう》とした風景であった。その賑《にぎ》やかな通りを過ぎて南西に10キロほど行くと、町の様子は次第に落ちついてきて、そのうちに主要道路に面した「花《か》渓賓館《けいひんかん》」というホテルに着いた。古風で大きな建物のそのホテルは、天井がとても高く、全体の格調も高く、館内全体の廊下には赤い絨毯《じゅうたん》が敷きつめられていた。

俺は通訳の張氏に、

「ずいぶん豪華なホテルだねえ。こんな立派なホテルが山に囲まれた地方都市の郊外にあるとは意外だ」

　と言うと、張氏は、

「これはですね、中国人がつくったホテルではないのですよ。今から150年も前にドイツの建築家によってつくられたのよね。立派なわけはですね、このホテルは中国の中央政府から派遣されてきた高級官僚や高級軍人たちの宿泊所に使われていたからで、今もそういう偉い人たちが泊っていますよ」

　と教えてくれた。

「ああそうなのか。どうりで立派な筈《はず》だよね。どの国でもそのような人にはこういう豪華なホテルが必要のようだものね」

　と俺は皮肉混じりで言った。

　さて、はるばるこの貴陽市まで来たのには次のような経緯《いきさつ》があったのである。『中国名酒誌外伝』で中国の酒史上最も珍しい酒が現存しているという記述と出合ってから、俺はその酒のことが頭から離れず、できることならその貴陽酒廠に行ってみたいという強い願望に駆られたのである。というのは、俺は大学で農学部を専攻し、その課程の中に発酵学や醸造学を修めるコースがあった。そこで学んだ講義の中に「酒学」があって、その周辺の文化に強く興味を抱いていたからである。また俺は、食いしん坊発明家でもあって、大学で得た知識を生かしてこの世にこれまで無かった幾つかの食べものを発明してきた。そしてその製法を特許取得し、権利を食品会社に譲渡してかなり潤沢な自由経費を保有していたのである。その上、福島県阿武隈《あぶくま》山地にある造り酒屋の後継ぎ息子にとっては結構自由な時間が作れたのだ。これらの条件が重なっていたので、その気になればどこへでも行けるのであった。

そこで俺は、以前中国へ観光旅行に行ったときに世話になった、東京にある中国専門の旅行会社の添乗員須田誠氏の名刺を捜し出してきて連絡した。すると須田氏は、俺の旅行目的や訪問先、日程、飛行機の便名やホテル等の希望を完璧《かんぺき》に組み入れた旅程をつくり上げ、俺の元に送ってくれたのである。そして上海にある系列旅行社にも綿密に連絡してくれていたのである。

貴陽市に着いた翌日の朝、俺と張氏はタクシーで貴陽酒廠に向った。廠とは日本でいえば工場のことである。その酒廠は街の中心地の外側にあり、ホテルから約30分で着いたが、あまりの巨大な廠にびっくりした。頑丈で分厚く、横に大きく張った鉄格《てつごう》子《し》の正面は閉じられていて、その前に二人の守衛がいた。張氏はタクシーから降りると、守衛のところに行き何やら話をしながら書類を見せている。すると意外や意外、守衛は待ってたよってな態度で鉄格子を開けてくれたのである。このような大規模な廠は全《すべ》て国営であるので、中央政府から運営をまかされた中国共産党貴州省委員会が総《すべ》ての権限を持っており、簡単には中に入ることができない。その上、こちらはたった一人でしかも外国人の見学者なのだから、俺は予想外なことに驚きつつも内心安堵《あんど》した。このことについて後で張氏に聞いてみると、

「日本の旅行会社の須田さんとね、上海にある私が勤めている旅行会社とのね、連携プレーなのね。私の会社の総経理は貴陽市の出身者。そして党貴州省委員会常務委員の一人は総経理の従弟《いとこ》だものだからね、その人からの紹介状が貴陽酒廠に届いたわけですね」

総経理とは日本でいう社長のことである。それにしても、中国共産党という巨大な組織と複雑な官吏網が敷かれている中、円滑に酒廠に入ることができたのは実に幸運であった。張氏の話では、中国の役所や国営企業の対応は、このようなコネクションが有るか無いかで全く出方が違うということである。

女性従業員、と言っても寸分の隙《すき》もないほどに正装した八頭身の若い美人の女性に案内された先は、広く格調の高い応接室であった。大概のことには動じないこの俺だけれども、さすがにここにきて心臓の鼓動も大きくなり、些《いささ》か緊張気味であった。日本から3000キロメートルも離れた中国の地方都市にたった一人でやってきて、そ

して今、目的の酒廠の広い応接室にじっと座っていると、妙に心細くなり、自分がなんとなく小さく感じて仕方がないのである。

出された茶菓子に手もつけずにいると、まもなく二人の男性が現われた。一人は年の頃45歳ぐらい、背が高く均整がとれて一見俳優のような美男子で、とても柔和な顔つきの中に自信が漲《みなぎ》っている。中国の政治家が着る中山服、あるいは人民服ともいうのであるが、それを着用していて、その服が実によく似合っていた。まさしく賢才の器とはこのような人をいうのであろう。もう一人の男性はその人の秘書役である。張氏を介して互いに挨拶《あいさつ》したとき、いただいたやや大判の名刺を見て俺はぐっと心に迫るものがあった。そこには「貴州省貴陽酒廠公司　総経理　王立峰」とある。何とこの酒廠の社長が、わざわざ時間を割いて俺のために会ってくれたのである。これも上海にある旅行会社の総経理から貴陽市にいる党要人経由での紹介状の賜《たまもの》であろうが、まったく恐れ多いことである。

王総経理と俺との会話は張氏の通訳を介して進められた。先《ま》ず俺から訪問を許していただいた謝辞を述べ、それに応じて総経理からはるばる遠い日本から訪ねてきたことへの労《ねぎら》いと歓迎の言葉が語られ、いよいよここに来た目的を述べた。

「少し前のことですが、たまたま日本で見つけた中国の古書『中国名酒誌外伝』で満殿香酒という中国史上でも稀にみる珍しい酒がこの貴陽酒廠に残されている、ということを知りました。そこには清の時代の乾隆皇帝がこの酒を不老長寿の源として愛飲し、当時としては稀な90歳まで長生きしたと書かれています。そんなすばらしい酒が実在したのかどうか、そしてどんな造り方をしたのかなどを知りたくなり、ここまでやって来たのです」

俺の話をじっと聞いてくれた総経理は、

「わかりました。その酒は確かに今、この工場の中に163壺《つぼ》保存されています。これからお見せしましょう。私たちも長い間、この珍しい酒を試料にしてさまざまな研究をしてきていますが、とても不思議な酒です。それじゃ早速参りましょう。どうぞ付いて来て下さい」

と言って案内してくれた。

この酒の工場は白酒《パイチユウ》の製造場であった。昔から中国に伝わってきた民族の酒には二種類あって、この白酒と黄酒《ホウアンチユウ》である。白酒は日本でいう蒸留酒の焼酎《しようちゆう》に当り、高粱《コーリヤン》や麦を発酵させてから蒸留した酒である。中国語では「白」は「白い色」の意味と「透明」という意味を持ち、蒸留酒は透明な酒なのでこう呼んでいる。一方、黄酒は糯米《もちごめ》を発酵させてからそれを搾《しぼ》った酒で日本でいう清酒に当り、老酒《ラオチユウ》や紹興酒《しようこうしゆ》の名で知られる酒である。

その白酒工場の構内はとても宏大《こうだい》であった。そこには原料処理所や発酵庫、蒸留所、貯蔵庫、製品詰め所などが別個に建っているので徒歩で行くのは大変だと、構内車に乗ってゆっくりと進み、一番奥にある研究棟に行った。その建物は三階建てで、一階には10人ほどの研究員が原料や製品の分析を行っていた。二階に案内されると、そこにはさまざまの精密分析機器が所狭しと置いてあって、そこでも数人のオペレーターが分析作業をしていた。そして三階は二つの部屋に仕切られていて、手前の第一室は「文献・資料室」、奥の第二室は「酒貯蔵試験室」に分けられていた。総経理は付いてきた係りの人に第一室を開けるように命じ、中に入ってみると、その大きく広い部屋の中には博物館でよく見られるガラス張りの展示ケースが幾台と並べられていて、その中に古い本や巻物、古典的な装丁がしてある文書などが納められていた。

「これらの資料は白酒の歴史が書かれたり、またこの貴陽酒廠の長い歴史を綴《つづ》ったりした大切なものばかりです。古典書で約１３００点、近世近代の重要文献で約８００点あります。この近世の文献の中には満殿香酒に触れた書物も入っていますので、後ほどお見せしましょう。ではその香酒の所に行きましょう」

と、今度は第二室に案内してくれた。分厚く頑丈な扉を開けて中の電灯を点《つ》けると、その部屋の左右は酒壺や酒瓶を並べておく棚が三段になっていて、そこには恐らく1000本を超す容器がびっしりと納められていた。貴重な酒の保存室なのであろう。そして棚のちょうど中央辺りに奇妙な形をした大量の酒壺がひと塊になって置いてあった。総経理は、

「これがお目当ての満殿香酒です」

と言って俺の顔を穏やかに見た。

壺の高さは約25センチ、胴周囲約20センチほどで、容量はおそらく500ccぐらいであろう。形は日本の通徳利《かよい》に似ていて、肉厚でどっしりとしている。そして最大の特徴は、酒を注ぐ口のところに蓋《ふた》のようなものがしてあり、そこ全体が石膏《せっこう》で被《おお》って頑強に固められている。総経理はその中の一本を手に取り、

「アルコール度数は60度ぐらいです。250年もの間、蓋の隙間などからアルコールが飛んで行かなかったのは、ほら、この蓋を被っている石膏の下にはさらに蠟《ろう》で被っている蓋があるのです。つまり先ず蓋を蠟で被い、次にそこ全体を石膏で包み込んでしまいますので、アルコールは飛散できないわけです。さあ、あなたも持ってみませんか」

と言って、そっと俺にその酒壺を手渡してくれた。ずっと遠い日本から、この酒に

思いを馳《は》せて来た俺は、その壺を持ったとき、譬《たと》えようのない熱いものが体中に走ったのであった。

「それでは再びこちらに来て下さい」

と、総経理は俺を展示ケースが並んでいる所に案内すると、その中の文献書架から一冊の本を取り出した。その本は『貴陽府酒経叢書《きようふしゆきようそうしよ》』というもので、

「この本にあなたが知りたがっている満殿香酒のことが詳しく書いてあります。ええーと、ここ、ここ、ここですね」

と言ってその頁《ページ》を開き、俺に示してくれた。そして付き人に、その箇所をコピーして後で渡してあげるよう指示してくれたのであった。

「満殿香酒は82種の葯材《ヤオツアイ》を白酒に浸したものです。せっかく日本から来たのですから、ちょっと試飲してみますか？」

と、俺の耳を疑うようなことを総経理は話してくれた。葯材とは白檀《びやくだん》や丁子《ちようじ》、沈香《じんこう》のような植物香と、麝香《じやこう》や竜涎香《りゆうぜんこう》のような動物香のことである。

「ええっ！　それは有難いです。ぜひお願いします。はるばるここまで来た甲斐《かい》がありました」

と、俺はやや大袈裟《おおげさ》ともとられるほどの身振りで喜びを表わした。

二階まで降りて行くと、何人もの人たちがさまざまな白酒を機器分析していた。総経理はその中の一人に満殿香酒を小さなグラスに注ぐよう命じ、それを俺に渡してくれた。ちょうどこの酒の香気成分を、ガスクロマトグラフという精密機器で測定していたところだという。その酒はウイスキーよりもやや淡い褐色を呈していて、清く澄んでいた。俺は、そうとう香りの強い酒だろうと思いながら、そのグラスを鼻孔に近づけて匂《にお》いを嗅いでみた。ところが、82種類の香材を浸した酒だという割には、お香の匂いは強くなく、そう言われてみれば微《かす》かに感じる程度だった。しかし、口に含んでみると何とも不思議な酒で、アルコール度数が60度もあるのにピリピリとした辛さは全くなく、丸みがあり、トロリとしていて耽美《たんび》な甘みさえも感じられるのであった。

分析中の試料なので、壺の中にはまだ満殿香酒が大分残っていると察した俺は、当って砕けろとばかりに総経理に、

「もし可能ならば、ほんの少し、50ccでも100ccでもよいのですが記念にいただくことはできないでしょうか」

と、大胆な願いをしてみたのである。すると総経理は、ちょっと難しい顔をして、

「申し訳ないがそれはできない。国家管理のものはどんなものでも許可なしに国外に持ち出すことはできないのです」

と言って少し間を置いてから、

「ではこうしましょう。せっかく遠い日本からこんな中国の奥地まできたのですから、ほんの少し差し上げましょう。ただし、国外には決して持ち出さないこと、それもできればこの貴陽市に滞在している間に消費してしまうことで、いかがですか」

と、今度は柔和な顔で承知してくれたのである。そして、近くにいた研究員に指示して100cc容量のサンプル瓶に詰めさせて俺に渡してくれたのである。その時俺は、この人は海のように広い心を持っていて、将来間違いなく党の大幹部に就くであろうと思った。

俺達は再び応接室に戻り、総経理に丁重に礼を述べ、満殿香酒の試料とそれを記述した文献のコピーを頂いて帰ることにした。王立峰総経理は最後に「再見《ツァイチエン》」、また会いましょうと儀礼的な挨拶をしてから、俺たちを見送ってくれた。

「花渓賓館」に戻ったのはちょうど正午だったので、張氏とホテルの食堂で昼餉《ひるげ》をとってから、直ぐに俺の部屋に移って満殿香酒について詳しく調べてみることにした。先ず貴陽酒廠からいただいてきたこの酒に関するコピーを張氏に日本語に翻訳してもらい、それを俺がノートに速記する作業である。するとそこには、大要次のようなことが記されていた。なお「葯」とは「薬」と同意字である。

「薬材として植物由来の香75種を各々《おのおの》15匁《もんめ》、動物由来の香7種類を各々1匁混ぜ、布製の薬袋に封入する。それを酒精驍烈《ぎょうれつ》な高粱酒5斗の中に浸漬《しんせき》し、3年間冷暗所に密封保管する。3年後薬袋を引き上げると、万病治癒の妙酒満殿香酒となっている。そしてそこに使う薬材として次のものが挙げられている。丁子、藿香《かっこう》、香附子《こうぶし》、白檀、沈香、楓香《ふうこう》、薫陸香《くんろくこう》、桟香《せんこう》、鬱金《うこん》、安息香《あんそっこう》、甲香《こうこう》、詹糖香《せんとうこう》、肉桂《にっけい》、桂皮《けいひ》、茴香《ういきょう》、零陵《れいりょう》香《こう》、青木香《せいもっこう》、甘松香《かんしょうこう》、白芷《びゃくし》、当帰《とうき》、竜脳《りゅうのう》、桂心《けいしん》、檳榔子《びんろうじ》、伽羅《きゃら》など植物香75種、麝香、霊猫香《れいびょうこう》、竜涎香、海狸香《かいりこう》、牛黄《ごおう》、一角香《いっかくこう》、貝香《かいこう》の動物香7種」

ここまでで解《わか》ったことは、さまざまなお香の材料、すなわち漢方薬の原料を混ぜ合わせ、それを高粱を原料にしてつくったアルコール度数の高い白酒に3年間漬け込んだ酒だということである。高価な香材をこれだけ集めてきて使っているのであるから、実に貴重な酒で、やはり乾隆帝など皇族専用の酒だったのかも知れない。さらに翻訳してもらっていくと、そのうちに驚愕するほど誇張した記述に出くわし、唖然《あぜん》とするばかりかその部分を翻訳していた張氏も、それを聞きながら速記していた俺も笑いを堪《こら》えきれず大爆笑したのであった。そこには次のように書かれていた。

「この満殿香酒を小盃《しょうはい》で朝夕一杯ずつ服用すると、5日後には飲酒者の体から佳麗な香の匂いが立って、身の周りに漂ってくる。10日続けて飲んで外に出ると、その佳香に誘われて風下から人々が続々と集まってくる。15日続けて飲むと、その人の体ばかり住んでいる家までも芳香に染められ、その匂いは八里四方に轟《とどろ》くであろう。20日飲み続けてその人が川で行水をすると、川の水は香水となって流れていく。25日間続けて飲んでその人が赤児《あかご》を抱くと、その児にまで佳香が移り、その匂いは二十歳《はたち》になるまで宿るであろう。そしてついに30日間飲み続けると、もう明日から飲む必要のないことに気づくであろう。それは体から全ての病気が消え去っているからである」

つまりこの世にも稀なる珍しい酒は、万病を治す特効薬だったのである。だが俺は、このような誇張した表現は中国的で面白いとは思ったが、薬効が本当にあるのかどうかには些かの疑問を抱いた。というのは、貴陽酒廠で匂いを嗅がせてもらい、味も見させてもらったが、82種類もの香材成分を吸収した高粱酒だというのに、そう強く芳香を感じなかったからである。ところがその日の夜から翌朝にかけて、とんでもない事態が起った。

その日の夕方、俺と張氏はホテルの食堂で軽くビールを飲みながら夕食をとった。その後、俺の部屋で貴陽酒廠から土産にいただいてきた「貴陽老窖大曲酒《クイヤンラオジヤオタアチユイチユウ》」という白酒を飲もうということになった。この白酒はアルコール度数40度で日本の焼酎に似ている。互の茶碗《ちやわん》に差しつ差されつ、チビリ、チビリと飲りながら例の満殿香酒の説明文の面白さなどについて談笑していた。そのうちに、さすがに40度の白酒のストレートは効きめが速く、いい気持ちになった俺は、大胆なことを言ったのである。

「ああ、そうだ、そうだ。その満殿香酒、今日いただいてきてここに１００ccほどある。これを貴陽市にいる間に消費してしまうのが王総経理との約束だったよね。この街を去るのは明日の夜だから、これから飲んでしまわないと間に合わないことになるぞ。今がちょうどいい機会だから、それをこれからいただいて、万病を治す酒の真髄を味わってみることにしよう」

と景気のいい話をしたら、酒好きの張氏も、

「それはいい話ね。王総経理との約束も守れるし、最高のことよね」

と乗ってきたのである。

それでは早速そう致しましょうと、満殿香酒の入った試薬瓶をスーツケースから取り出し、部屋に備えつけのガラスコップ二つに50 ccずつ入れてから、嘗《な》めるようにして惜しみ惜しみ味わってみた。アルコール60度とはいえさすがに２５０年もの熟成であったので味は丸く、トロリとし、何ひとつ口の中に障《さわ》りがない。多分にお香の匂いらしきものが鼻孔から抜けてはくるが、それがとりわけ強いというものでもない。一体、82種の香の匂いはどこへ行ってしまったのだろうかと不思議に思ったほどだった。

「だけどもね、今の俺たち二人は凄《すご》いね。こんな歴史的貴酒、どんなにお金を積んでも飲めない幻の酒、あの乾隆皇帝が口にした酒をこうして今飲んでいるんだものね。中国の人口は12億人を超えているのだそうだけれども、今こんな夢のような酒をこの広大な中国で味わっているのは俺たち二人以外誰もいない訳だものなあ」

俺は、この中国では国宝とも言えるような貴重な酒を飲んでいる事の重大さを意識しつつ、とても快い優越感と酔い心地を味わっていた。こうして、1時間近くもかけて50 ccの満殿香酒を啜《すす》りながら堪能《たんのう》し、それではお休みなさいと、張氏は自分の部屋に戻って行った。

翌朝6時である。枕元《まくらもと》の目覚し時計が鳴ってベッドから起き上り、いつものように先ずはトイレに行って小便をした。そして排泄《はいせつ》が終り、尿を水で流そうとした時のことだった。ほのかに甘く、耽美で、そしてどことなく天然ハーブのような優雅で優しい香りが足元の便器の方から漂ってくるではないか。驚きながらもさらにその匂いをじっくりと吟味してみると、古風で懐《なつ》かしさのある、お香を燻《た》いた時の匂いにも似ているのであった。瞬間、頭の中に昨夜飲んだ満殿香酒が過《よぎ》った。俺はその現象に驚き、しばらく茫然《ぼうぜん》としながらそこに立ったまま匂いを嗅ぎ続けていた。

しばらくしてトイレから出てきて、いろいろと思い巡らせると、小便の匂いの元はやはり満殿香酒以外、考えられないと思った。そうか、小便か、ここに来たかと感心していると、ふと汗のことを連想した。小さい時から小便と汗とは同じようなものだと、誰からともなく真《まこと》しやかに言われてきたのを思い起したのである。とすると汗にも香の匂いはあるのだろうか、俺はそれも知りたくなったが今は汗はかいていない。そこで一計を案じ、直ぐに散歩用の軽装に着替えるとホテルの外に出て早足で歩き出した。ちょうど都合のよいことにホテルの建物に沿って坂道が続いていたので、そこを今度は駆けるように昇って行って頂上の方まで行くと額には汗をびっしょりと掻《か》いている。しめしめとその汗をハンカチにしっかりと吸わせ、今度は走るようにして坂を下り、その時の汗もハンカチに吸わせた。ホテルの部屋に戻ると、両腋《りょうわき》の下にもびっしょりと汗の気配を感じたので、そこも同じハンカチで拭《ふ》いた。そしてそのハンカチをそっと鼻孔に付け、目を瞑《つぶ》りながら鼻で呼吸《いき》を静かに吸って匂いの有無を確かめてみたのである。するとどうであろうか。遠い向うの世界から薔薇《ばら》の花を積んだ馬車が白馬に曳《ひ》かれてどんどんこちらに近づいてきて、そこからは雅《みや》びを帯びた耽美な芳香が微かに俺の鼻を撫《な》でるような状景が頭に浮かんできたのであった。そして幾度もそのハンカチの匂いを嗅いでみたが、そこにもしっかりとお香の匂いが付いていたのである。

俺は、張氏の部屋のドアをノックして、出てきた彼に小便や汗の話をすると、「そう、そうよ。わたくしも今朝早くにそれを知りましたね。そう強いものではなかったが、あれは確かに香の匂いだね。昨夜飲んだあの酒、凄いですね」

と、小便から芳香の立ってくるのを確認していたのである。その日ずっとホテルの部屋にとどまって、俺は満殿香酒を巡るこの一連の出来事についてノートに克明に記録していた。貴陽酒廠でのこと、王立峰総経理との出会い、研究棟でのこの酒との初対面、お香の匂いを宿した小便と汗の衝撃的体験などを綴るにつれこの酒への浪漫はますます深まるばかりであった。

ようやくその作業が終ったとき、ふと俺は少年時代の実家での体験に思い当った。それは微かな匂いの記憶で、母が簞笥《たんす》から衣類を出すときの樟脳《しょうのう》の匂いであった。すると俺はそこから更なる発想を湧《わ》き立たせた。樟脳はクスノキの幹や葉に含まれる成分を固めた香の一種である。この匂いには防虫や殺菌の効果が顕著であるため、簞笥にこれを入れておくと衣類を喰い荒したり、カビさせる虫や菌を防ぐことができる。とすると、満殿香酒もこの原理ではなかったのか。香やその匂いには邪鬼を払い、心身を癒《いや》す効果があると昔から言われてきている。そこで酒に香の成分を吸収させ、それを病人が飲むことによって体に巣くう病根の虫たちはたまらずに体外に出て行ってしまい、体は元通り元気になるという発想だ。想像力の豊かな昔の中国人たちは、そのようなことを当然考えたのかも知れない。それにしても満殿香酒は正に謎《なぞ》だらけの奇酒だった、というところで俺の綴りは終っている。

俺は、流した小便は持って帰れなかったので、せめて香の匂いを吸ったハンカチをビニールの小さな袋に折り畳んで入れ、その袋の口を密閉するようにきつく結んだ。それを大切に持って、その日の夜の飛行機で香港《ホンコン》に向った。そして、香港空港内のロビーで朝が来るのを待ち、午前8時30分発の第1便に搭乗、成田空港に着いたのは午後3時少し前であった。

その後東京駅経由の電車で渋谷の自宅に帰ってきたのは午後6時であった。直ぐさま俺はスーツケースからビニール袋を取り出し、結んでいた部分を解してその袋に鼻を突っ込むようにして鼻孔から息を静かに吸い込んでみた。すると、遥か遠くの彼方《かなた》から香の匂いが微かに漂ってくるのであった。それはビニール袋の匂いではなく、ハンカチの布の匂いでもなく、あの時嗅いだ香の匂いであった。もっと確かめたいと、ハンカチを取り出して、静かに匂いを嗅いでみると、やはりあの香の匂いが微かに残っていた。満殿香酒を貴陽のホテルで飲んだのは2日前の午後6時ごろであったから、約48時間もの間、俺の体から出た香の匂いは消えずに残って国境を越えたのであった。

さて、日本の正月元旦《がんたん》に嗜《たしな》まれる「屠蘇酒《とそしゅ》」は「死者が蘇《よみがえ》る酒」とされて、中国の唐代に始まった習俗が我が国に伝わってきたものである。その中国には太古から「屠《と》蘇芸香《そうんこう》」というのもある。前漢の武帝時代の思想書『淮南子《えなんじ》』には「香を炊《た》いて死者を生き返らせる」と記されているのだ。いやはや俺は、満殿香酒を通してその片鱗《へんりん》を垣間見《かいまみ》せられた気がする。

エリックの真鍮《しんちゅう》の鐘

岸本佐知子

岸本佐知子（きしもと・さちこ）
翻訳家。訳書にミランダ・ジュライ『最初の悪い男』、ルシア・ベルリン『掃除婦のための手引き書』、ショーン・タン『内なる町から来た話』など多数。２００７年『ねにもつタイプ』で講談社エッセイ賞を受賞。

大学を出てから六年半、洋酒メーカーに勤めていた。

時代は八〇年代、日本全体が「ええじゃないか」を踊りながらバブルの坂をわっせわっせと登っていたころだった。そんな時代に酒の会社の、それもいちばんチャラくて派手な宣伝部門にいて無事で済まされるはずもなく、その六年半のあいだに、おそらく私は二十五メートルプール三杯ぶんくらいのさまざまなアルコールを体に入れていたのではないかと思う。

あのころは毎週のように「カフェバー」や「クラブ」や「プールバー」や「オーセンティックバー」が東京のどこかで新規開店していて、私たちは誰よりも早くそういう店に大挙して攻め入っては二時三時まで飲んだくれ、帰りは毎晩タクシーだった。飲み代もタクシー代も「業務調査」の名目でぜんぶ会社もち。なんと太っ腹だったのだろう。あれだけ社員に脛《すね》をかじられても潰《つぶ》れなかったあの会社はすごいと思う。

（会社は残ったけれど、当時雨後の筍《たけのこ》のようにできたカフェバーはみんな消えてしまった。これ、いま言っても誰も信じてくれないのだが、青山通りに面して「うんこや」という小洒落《こじゃれ》ダイニングバーが確かにあったのだ。命名したのは秋元康で、箸置《はしお》きがスタイリッシュに抽象化された巻きグソの形、客はマイ箸をキープするというシステムだった。行きたくないなあと思っているうちに、すぐになくなった。）

そんな風に毎晩毎晩、いろんな場所でいろんな人といろんな酒を飲んでいると、一つひとつの夜の記憶は溶けて混ざって、一連なりの長い夜をずっと飲み続けていたみたいな感じになり、あんまり細かいことはもう覚えていない。それでもいくつか、忘れようにも忘れられない飲酒体験がある。

たとえば、会社の七、八人で原宿にできたばかりのクラブで飲んだあの晩。たしかあれは「ピテカントロプス・エレクトス」ではなかったか。誰か一人がフローズン・ダイキリを頼んだら、他の人も負けじとフローズン・ダイキリをお代わりしだした。しまいには全員が壊れたみたいに何度も何度もフローズン・ダイキリを頼み、しまいには全員が何回めかの注文のときに「かしこまりました」と言った店の人の目が、心なしかぎらりと光った気がした。だいぶ経《た》ってから運ばれてきたのは、洗面器ほどもある巨大な器にフローズン・ダイキリがかき氷みたいにてんこ盛りにされ、長いストローが宇宙戦艦ヤマトばりに四方八方から突き出た物体だった。私たちは笑い転げながらそれを夢中で吸い、でも長いストローで吸引するダイキリの酔いのまわりはすさまじく、なんとか飲み干したものの、全員が死んだ。

あるいは、横浜のあの夜。中華街で食事をしたあと、その内の誰かの行きつけの「Erik's Last Stand」という山下町のバーに行った。カウンターだけの狭い店で、エリックという刺青《いれずみ》だらけの入道みたいに大きなおじさんと、ミヤコ蝶々《ちょうちょう》ふうの小柄なおばさんが二人でやっていた。エリックさんは北欧のどこかの国の元船員で、横浜に居ついて蝶々と店を始めたらしかった。二人の関係はよくわからなかったが、ときおりエリックが蝶々に手でエッチなジェスチャーをしてみせたり、カウンターの中でチークダンスを踊ったりしていた。

それはいいのだけれど、カウンターに真鍮でできた、船から取ってきた鐘のようなものが据えつけてあり、レバーを引くとカーン！　と澄んだ音がする。このカーン！を鳴らした人は自腹で店にいる全員（エリック含む）にアクアビットを一杯おごらなければならず、おごられたほうは必ず飲み干さなければならないというルールがあった。そんなの鳴らさなければいいじゃないかという理屈は酔っぱらいには通用しない。絶対に鳴らすまい鳴らしちゃだめだと思うのに、思うそばから手が勝手に動いてレバーを引いてしまう。カーン！　カーン！　そのたびに、小さいグラスに注ぐと縁がこんもり盛り上がってグラスの側面をもわもわはい上がってくるほど度数の高いアクアビットをクッと喉《のど》に放りこむ。

　あの店をどうやって出て、どうやって帰ったのか、いまだにわからない。全員が二度ずつぐらい死んだ。全員が何らかの体液を垂れ流していた。今までの人生であんなに酔っぱらった夜は後にも先にもない。もしかして、あの夜本当に自分は死んでしまって、いま生きているつもりでいるのも全部気のせいなのかもしれないな、とときどき思う。

振り仰ぐ観音図

北村　薫

北村 薫（きたむら・かおる）

1949年、埼玉県生まれ。89年『空飛ぶ馬』でデビュー。91年『夜の蟬』で日本推理作家協会賞、2006年『ニッポン硬貨の謎』で本格ミステリ大賞〈評論・研究部門〉、09年『鷺と雪』で直木賞、16年日本ミステリー文学大賞を受賞。〈円紫さんと私〉シリーズ、〈時と人〉三部作、『飲めば都』『ヴェネツィア便り』など著書多数。

1

さて、早苗《さなえ》さんのことを話そう。

出版社に勤めている。ある作家さんが、酔っ払いの出て来る物語を書くため、某社の女性編集者に取材している——といったら、

——ああ。某社ってあそこでしょ。

と、あっさり当てられたそうだ。

「個人の力では、なかなかそうはまいりません。皆さんのお力添えあってのことです」

と、力説（うーん、力という字が、随分重なってしまった）した早苗さんだが、作家さんに、

——いやいや。君の努力のたまものだよ。

と、いわれてしまった。

今は一児の母だが、若い時には、さまざまな武勇伝がある。無論、色恋の話でも、悪人をなぎ倒したわけでもない。酒の上での武勇伝である。

気持ちよく水割りなどやっていたら、先輩女子が先に帰ってしまった。足を楽にしたいと、靴を脱ぎ飲んでいた早苗さん、

「まだ早いですよー」

と店を飛び出し、銀座裏の道を、降り注ぐ月光を浴びながら髪振り乱し、裸足《はだし》で後を追いかけた。

それ以来、社内では、

――裸足で駆け出す、愉快なサナエさん。

と呼ばれるようになった。

結婚したケンちゃんは面倒見のいい男で、心配性、子供が出来ると、

「飲んでないよね」

という。

早苗さんは、

「飲んでないよー」

と、答えつつ、内心、無念である。炭酸水にレモン汁を入れて、ちびちびやってい

ると疑惑の目で見られた。早苗さんは、険悪な視線を返し、

「――何よ」

「それは……」

「ハイボール！」

「えっ」

「――のつもりのレモン水」

などとやっていた。

旦那《だんな》としては、赤ちゃんへのアルコール分の心配もさることながら、酔うと何をするか分からないという不安がある。

そのケンちゃん、生真面目《きまじめ》だが実はいける口である。まあ、そうでなければ、早苗さんとのお付き合いなど始まらないわけだ。暑い時、うちでビールを口に運んでいるところを見つけると、早苗さん、いらっとし、

「あなたも、やめなさいよ」

「えっ。――ぼ、僕も？」

「二人の子なんだもん。あなたの飲んだアルコールが、空輸されて、あたしのところに来るよ」

「それはないでしょ」

「いやいや。ほら、山陰若狭《わかさ》の寺の水が奈良まで通じてるとか――そんな話があったでしょ」

お水送りがお水取りに繋《つな》がる。ゆかしい伝説だ。

「いきなり、神がかりになるなあ」

いや、仏がかりかも知れない。さてそこで遠慮こそするが、ケンちゃんも人間、見せつけはしないが飲んではいる――と、早苗（おなじみになって来たから、そろそろ、さん、を取ってしまおう）には、これが分かるのですね。野生の勘が働くのだ。肉食獣が獲物を察知するようなものである。

可愛《かわい》い子供が生まれると、飲み仲間の先輩女子が教えてくれた――通販サイトで母乳チェッカーというのが売られていると。要するにリトマス試験紙のようなものだ。

「アルコール分が出てないのをチェックして、それから授乳するわけね」

先輩は頷《うなず》き、

「まあ。そういう商品が出回るのが、ママもなかなか、飲むのを止《や》められない――という証拠ですね」

「男はさあ、女は子供が出来ると、生理的に飲みたくなくなるんじゃないか――なんて、幻想を抱いたりするんだよね」

幻想、あるいは妄想。

「ないねえ、そんなこと」

「ないない」

つわものママになると、今、口に入れたアルコールは即座に母乳にはならない――と、授乳の始まりを飲み始めのサインにしている人もいるという。おそるべし、酒の魔力。

早苗はといえば、そちらも子育ても、かしこくこなし、子供は立派に育った。

七月の第四日曜は親子の日だか、本の日だか、とにかくそういう日のようだ。母の日にカーネーション、のように、《親子》を繋ぐ《本》を贈ろうというイベントがあり、某所で、趣旨に合った家族写真を撮ってみませんか――となったのが去年。

編集者魂を燃え上がらせた早苗は、可愛い可愛い我が子と共に、これまた我が子のように可愛い担当した本を手に、会場へと直行した。あ、家族写真なので、長身のケンちゃんも一緒ですよ。

この一枚が、とてもとても評判がよかった。満面の笑みをたたえた早苗の脇《わき》で、一目で親子と分かる小学一年の愛らしい子が、母より自然な笑みを浮かべ、片足をちょこんと上げている。編集者のママは、しっかり自分の担当本を突き出し、お父さんは、娘の愛読するコミックを女の子の顔の横に差し出している。こう見事に演出は出来ないという、元気で感じのいい絵になっていた。

——ぜひとも。

と頼まれて、全国の書店に飾られる、その日のためのポスターになった。

当然、社内でも、

「いいわねえ、あれ」

と、大好評。

「うーん。村越《むらこし》が、酒以外のことで評判になるとは……」

と出版部長がうなった。ちなみに《村越》は早苗の旧姓。職場では、仕事上の繋がりがあるから、結婚しても昔の姓を使っている女性が多い。

天下晴れて、幸せ家族の太鼓判を押されたような早苗は、社内に掲示されたポスターを見つつ、

「公開処刑ですよ。てへへ」

と、照れていた。

2

出版というと、まず文学系の本を思い浮かべる人がいるかも知れない。しかし普通の店で売れるのは、それより健康や占い関係だ。

小説以外といえば、二年前、早苗も、

「経済のこと、分かりやすく、面白く書いてくれる人いないかしら」

書籍部の上司、瀬戸口《せとぐち》まりえに、そう聞かれた。瀬戸口先輩は、眼鏡の似合う、きりり系の女性、五十代になったところである。

「そうですねえ」

と受けた早苗の頭に、大学時代の教室がよみがえった。早苗は、都内の大学の、政治経済学部出身だ。闇夜《やみよ》の鉄砲ではない。聞かれる理由なら、あるのだ。

「あ……」

と、早苗。

「ひらめきましたか」

「ました、ました。――寺脇《てらわき》先生！」

恩師である。

小難しく、面倒くさい経済理論でも、楽しく教えてくれた。学生達にも人気があった。ちらりと挟むエピソードの扱いが絶妙だった。科目が好きになるというのは、多くの場合、先生が好きになることだ。学ぶ者にやさしいあの語り口で入門書を書いてくれたら、多くの人が手をのばすだろう。

——こりゃあ、いい！

そう思って、しばらくぶりに連絡を取ってみた。

するとどういうわけか寺脇先生は覚えていてくださった、早苗を。卒業生も数多いというのに。

——そういえば……。

学生達で、先生を囲んで飲んだこともあった。早苗は、酔うと記憶がおぼろになる。

——ひょっとして何か、……よほど忘れられないことでもしたろうか。

ちょっぴり不安になったが、

——まあ、いいや。過ぎてみりゃあ何もかも楽しい思い出さ。

と明るく、前向きに考えた。

お会いして話した結果、《仮想通貨の未来》や《異次元緩和はどこまで可能か》といったテーマを、《なんつーか、仮想通貨》《異次元緩和、こらあかんわ》と、まあ、そこまではくだけないが、素人《しろうと》にも、楽しく理解出来る、それでいて、程度を落とさない、中身のある原稿に仕上げていただけた。

出版不況といわれるこの御時世に、一冊目も二冊目も、売れ行き好調。まことにありがたい。当然のことながら来年に向け、二度あることは三度——と思う。

大学の方は、もう冬の休みに入った。次の本の打ち合わせも必要だ。合わせて、今年の打ち上げもしようとお声がけをした。

まずは夕方、パーラーで落ち合う。早苗は、得意分野は酒だけ——などという軟弱者ではない。甘いものにでも、逃げずに立ち向かう。

カラフルなメニューを開いて、

「先生、どうなさいます」

しかし、先生は、

「……コーヒーかなあ」

「せっかくのパーラーですよ」

と、誘ったが、

「……いや。実はこの二月に、糖尿の値が劇的に悪くなってね、医者に、一日に糖分は……リンゴ半分と脅されたんだ」

「えっ。そ、それは大変」

深刻な話になって来た。

「おかげさまで、意識して甘いものを抑えたら、十キロぐらい痩《や》せたよ」

この半年ほどは、メールのやり取りが主だった。打ち合わせも、研究室にお邪魔したり、お茶したりですんでいた。食事をしていない。なるほど改めてしみじみ見ると、一年前までタヌキ型だった体が、人間に近づいている。

自分のそういう変化に、亭主が気づかなければ、かなりむっとする早苗だが、注意は原稿に向け、書き手の体型までは見過ごしていた。

寺脇先生は、もう大学を去ろうという年齢だが、髪は抜けずに白くなる方だ。アルコールは以前から控えていたが、それに加えての糖分規制。おかげで頬がしまって来たのだから若返って見える。羨《うらや》ましい。

「おお、十キロ減ですか。うーん、憧《あこが》れちゃいますねえ」

先生は、憧れられてもなあ——という顔になり、

「今までは、シュークリームにソフトクリーム、大福にドラ焼きと、ばくばく食べていたんだ」

「うわあ」

「餅《もち》の季節になれば、お汁粉に安倍川。《ちょっと、こっちへ黄な粉餅》ってな具合だった。それをぴたりとやめて、ウォーキングを始めた。すると、どんどん体が軽くなって行く。こんなに影響があるものかと思ったよ。——経済にもいいぞ」

「は？」

ご専門の研究に、何か関係があるのだろうか。

「いや、はけなくなったズボンが、何本も復活を果たした」

「ああ。そっちの、《経済》ですか」

「まあ。せっかく、こういうお店に来たんだから、僕に遠慮はいらない。——これなんか、どうだね」

と先生は、呼び物らしい華やかな一品を指さす。

「しかし、それじゃあ先生に申し訳ありません」

「何いってるんだい。クリスマスじゃないか」

昨日がイブだった。早苗は、季節に合わせて赤の丸首セーターに、白のミニスカート。コートさえ着れば、外でもこれで大丈夫。若い頃から、肌を出すのは好きな方だった。

それでは——と、プレゼント代わりのお言葉に甘え、早苗は、お店の名物、イチゴのホットパイを頼んだ。与えられた機会は逃さない。

しかしながら皿が目の前に来ると、かなりの迫力である。二人で食べてもよさそうだ。

寺脇先生が心配そうに、

「夜は、確か、——河豚《ふぐ》なんだろう」

「ええ。うちの瀬戸口がセッティングしてくれました。本日、一緒にご挨拶《あいさつ》いたします。——わたし達、去年も河豚で年忘れやったんです。それがおいしかったから、予行演習ずみ。期待してください。——心配は、ただひとつ」

「河豚にあたるかどうか？」

「いえいえ。座敷に上がるのかどうかです」

「どういうこと？」

「最近、靴脱ぐのがつらいんです。昔は、片足立ちでも、ほいほい脱げたのが、——近頃、何だか安定しなくて」

3

「片足でどれだけ立ってられるか——って、老化の尺度にあったよなあ」

「嫌なこと、いわないでくださいよ。ソックス脱いだり、穿《は》いたりする時、ふらついてると」と、凶悪な顔になり、「——うちのがからからんです」

「旦那さんは、安定してるのかい」

「それがね、あっちは、体を鍛えていやがるんですよ」

「ほおお」

「ボルダリングって、ご存じでしょ？」

「あの、壁を登るやつ」

「そうです、そうです。ちょこっとやってみたら、はまっちゃって——」

と、いいつつ早苗は、スプーンを動かした。パイは温かい——というか、あったかーいという感じなのに、上のアイスクリームがひやり。その組み合わせが絶妙だ。ぼけと突っ込みのような関係である。

「……おいしいかい」

と、先生。申し訳ないので、《まあまあです》と答え、

「北新宿にね、ボルダリングジムがあるんです。月一万出せば、いつ、何時間いてもいいんです。週二回行ってますね」

「感心じゃないか」

「まあねえ。お金払って、行かないんなら、それはそれで腹が立ちます」

「だろうなあ」

「子供のためのレッスンもあって、娘も連れて行きます」

「ますます結構じゃないか。——君は、一緒にやらないのか？」

「わたしも強制されましたよ、一回。チョークをつけて登るんです」

「おお」

「だから指先が、がさがさになる。爪《つめ》は割れる。全身ひどい筋肉痛になる。——いいことないですよ」

「そこを乗り越えたら、よくなるんじゃないかな」

「嫌ですよ。散々な思いをしました。二度とやりません」

早苗は、いい切りつつパイを嚙《か》む。甘さと酸《す》っぱさがあいまっての美味である。

「一方、旦那は不撓《ふとう》不屈か」

「そうなんです。うちのは、仕事がフリーカメラマン。行った先でジムを見つけると舌なめずり。時間さえあれば、必ず寄ります」

「開拓者だな」

「都内でも、もう十カ所以上、お気に入りのジムがあるようです。港々に女あり――の船乗りですよ、まるで」

「でも、それで旦那さん、鍛えられた。体が締まって来たんだろう」

先生は紳士だから、君と違って――とはいわない。

「そうなんですよ。動きもよくなった。だから、なおさら張り合いがある。プロテインなんか飲み出した」

「向上心があるんだ」

「ありありですよ。口惜しいのはね、その上、奴《やつ》は――煙草《たばこ》をやめたんです」

「は？」

「ボルダリング仲間に、体力が落ちるから喫《す》わない方がいい――といわれたら、あっさり禁煙」

「偉いじゃないか」

「しかしですね。子供が生まれた時、煙草はやめてね――といっても、公園に行ったりベランダに出たりして、喫ってたんです。ボルダリングのためにやめられることを、子供のためにはやめなかったのかい——と思うと、無性に腹が立ちまして——」

怒りの表情を見せる。自分はセーブしたのに——という《酒》の恨みもあるようだ。

「微妙なもんだね」

「そういうわけで、あっちは体に自信がある。わたしがソックス穿きかけてふらふらしてると、片足立ちして、はい——なんて見せるんです。体操の選手じゃああるまいし、着地のポーズ」

4

打ち合わせは一時間程度で、無事終わり、眼目のお店にタクシーで移動した。

瀬戸口まりえが、そちらで待っている。シンプルなウールのワンピース。色白の顔に、服地の紺が似合う。ゆったりとしているのは、河豚がたくさん食べられるように——だろうか。

去年と同じ店だが、幸い、今回はテーブル式の個室だった。老齢の先生がお楽なようにだが、早苗にもうれしい。足を上げて靴と格闘しなくてもすむ。

飲み物は――となるが、先生はお酒をやめている。ノンアルコール・ワインもあると聞くと、明かりが灯《とも》ったような顔になり、

「へぇー、そうなんだ。じゃ、それ、もらおうかな」

ビールは、アサヒとモルツがあるという。まりえと棲《す》み分けをして、早苗はモルツを頼んだ。

「朝日を避けるとは、吸血鬼のような人だね」

寺脇先生がいうと、瀬戸口先輩が、

「いえ。この人が吸うのはお酒です」

人聞きが悪い。読書家の先生は、

「ある小説の登場人物事典を読んでいたら、《肉感的な美女》というのが出て来た。その続きに《〈吸血鬼〉であるのが唯一《ゆいいつ》の欠点》と書いてあった」

「わあー、そりゃあ唯一でも、かなりの欠点ですね」

瀬戸口さんが、

「あなたみたいね」

吸酒鬼でも美女なのだから、半分喜んでいいのかも知れない。

江戸菜のお浸しや柚子《ゆず》豆腐などの前菜をいただく。

寺脇先生が、

「お二人は、去年もこちらでやったんですね」

「ええ。――河豚喰らふ働く女子の忘年会、でした」

早苗が注を付ける。

「先輩は、俳句やってるんですよ」

先生は、目を細め、

「俳句だと、いろいろな名詞の並びが面白かったりしますね」

「ええ」

「久保田万太郎の句に、《ばか、はしら、かき、はまぐりや春の雪》というのがあります」

先輩は、なるほどと頷き、

「《ばか》は馬鹿貝《ばかがい》、アオヤギのことですね」

早苗が感心し、

「よく知ってますね。その貝、どうして馬鹿なんです」

「殻から、舌みたいな赤い足を出してるところが、それっぽいのよ」

途端にちょっと舌を出して見せたくなった早苗だが、アルコールが入っていないので自制した。

「《ばか》から始まったところが値打ちですね。何かと思います」

「村越さんなら、酒ですぐに作れるんじゃないかな」

いやいやいや、といいながら、

「バーボンにロゼ、シャンパーニュ、スプマンテ」

「季語がないわよ」

「泡盛焼酎《しょうちゅう》マッコリどぶろく……」

「ただ、いってるだけじゃない」

「瀬戸口さんは、いかがです」

ちょっと考え、

「《寒き夜のラムにテキーラズブロッカ》」

「ほお、寒いから強い酒が続くわけですね」

早苗が、ビールをぐいっと飲んで、

「ズブロッカなら、五十二度なんてのもあります。これが飲めないのをズブの素人というんです」

本当かなあ。

「強いといえば、アブサンだね」と、寺脇先生。「十九世紀の終わり、いわゆる世紀末、パリの芸術家の間で流行《はや》ったんだ。苦《にが》よもぎが主成分。強すぎて、幻覚、躁鬱《そううつ》、錯乱、狂気、自殺の素《もと》になった」

味の素ならいいけれど、これには怯《おび》える。一時は、禁止された酒という。

「……どんなものですかね」

と、早苗が聞くと、

「ものの本によれば暗緑色。水を入れると白く濁ったそうだ」

「おお。おとぎばなしで魔法使いが飲んでそうですね」

「リアルには飲まない方がいいだろう。そうやって、モルツやってる方が平和だよ」

まりえが、

「程度問題ですよ。村越は、ビール記念館で作り立てのやつを、うまいうまいと、ごくごくごく。結局、三リットル飲んだんですから」

「えへへ」

お待ちかねの河豚刺しの皿が出た。

「鉄刺《てっさ》っていうんですよね」

「鉄砲ですね」とまりえ。「河豚があてる毒がテトロドトキシン。――わたし、女子高だったんですけど、凄《すご》く口の悪い子がいました。名前を、登紀子っていったんです。そこで、あだ名がテトロドトキちゃん」

平然といっているが、そんなあだ名を付けるのはまりえだろう。

薄く切られた河豚をつつき、歯ごたえを楽しみながら、飲む方のピッチもあがる。

早苗が、申し訳なさそうに聞いてみる。

「先生。ノンアルコールのワインはいかがです」

「うーん。いいねえ……」

しみじみとしている。

「お気に召しましたか」

「味がどうこういう前に、もう飲めないものと思っていたワインを、こうやって、口に運べる。そこに感慨があるなあ」

「はああ」

「年を取ると、今まで出来てたことが出来なくなったり、飲めたものが飲めなくなったりする。あちこちの道を閉ざされる。――ワインもね、若い頃は銘柄を気にしながら、あれこれ試したものだ。ドイツワインがいいとか、モーゼルに限るとか。――そうやって洒落《しゃれ》る前は……学生時代はもっぱらビールだったなあ」

グラスにしばらく目を向けていた先生は、水の中からいきなり何かが浮かんだように、

「この間、宇都宮の美術館に行ったよ」

5

「栃木の？」

「ああ、県立美術館。菊川京三《きくかわきょうぞう》という人の展覧会をやったんだ」

聞いたことがない。

「日本画ですか？」

と、まりえが聞く。

「そちらも描いてるけどね、中心は数々の複製図版だ」

「複製……？」

「うん。明治の、まだちゃんとしたカラー印刷なんかなかった頃から、美術を広く世に知らしめる仕事をした。白黒写真を元に、原作と全く同じ色合質感のものを木版やコロタイプ印刷で作り上げた。その図版を付けた高級美術雑誌が――『國華』

だ」

寺脇先生は、題を指で宙に示し、

「――明治に刊行され、今も連綿と続いている。丸谷才一が愛読してた

聞いたことのある名前が出て来ると、安心する。

「そうなんですか」

「今は、印刷も勿論《もちろん》、現代のものになっている。――昔の、木版時代を支えたのが菊川京三。簡単に《複製だね》と片付けられない。再生への執念をひしひしと感じさせる。凄い仕事だ」

「そんな雑誌が、あったんですね」

「一般には、到底手の出ない値段だった。しかし、昔は学問芸術に対する敬意の念が違っていた。ある人の本を読んでいたら、昭和の初め、大学で学んでいる息子に負けてはならじ――と、大金を投じて『國華』の揃《そろ》いを買う父親が出て来た。家一軒、買うような覚悟なんだな」

とら河豚の唐揚げが来た。それを食べながら、話は続く。

「その菊川の展覧会があると、新聞で知った。栃木の県立美術館まで駆けつけたよ。何だか、虫の知らせみたいなものがあったんだな。案の定、というか何というか、並

んだ中の一枚につかまった。雪村の作。《せっそん》は雪の村と書く。名前の通り、雪舟に傾倒した室町末期の人だ。――絵は『観音拝宝塔図《かんのんはいほうとうず》』という。観音が宝の塔を拝む――という図柄だ」

「観音様は、拝まれる方じゃないんですか」

「ここでは、逆巻く波の上の蓮華《れんげ》に座し、はるかな高みを振り仰いでいる。観音といえば、老若男女、様々に形を変える。髭《ひげ》を生やしてはっきり男の場合もある。しかし、雪村の絵では、どう見ても若い女だった。――暗い背景の中に、白い肌が浮かんでいる」

先生は、胸の前で手を上下に動かし、

「ストールってあるだろう」

「肩からかける――」

「ああいう感じで、女の人の垂らす布を、大昔は《ひれ》といったんだ。――風は、波を逆立てるほどに強い。観音が肩から手にかけたひれが、大きく弧を描き、後ろになびいている。彼女は吹きつける風に向かい、珠玉宝玉を通した糸を両手に持ち、上空の何かを、強い憧憬《しょうけい》の目で見つめている。乱れた髪のひと筋が、額から頰に流れている」

美術館で、画面に見入る先生の姿が目に浮かんだ。

「――それでね、説明には『観音拝宝塔図』の――《部分》となっている。元は掛軸になるような、長いものだろう。『國華』に付される図版だから、その判型に添わねばならない。菊川は、下の観音だけにトリミングした。彼女が見上げる天に、何があるのか分からない。おそらくは画面の長さを使って、高みに《宝塔》が描かれているのだろう。それが見られないだけに、――彼女の渇仰《かつごう》するものが何か、と気になる。もどかしいから、求める思いを共有してしまう」

6

メインの河豚鍋《ふぐなべ》をつつきながら先生は、帰ってから雪村の画集を探し、絵の全容を見た――と語った。

「こういう流れだと、見つからないまま、彼女は何を求めていたのか――と思っていた方が味があるけれどね」

まりえが、

「《宝塔》を見たわけですね」

「うん。どうも人間というのは、謎《なぞ》があると解決したくなる。厄介な動物だなあ……」

早苗とまりえは、せっかくここに来たのだからと、申し訳なさそうに河豚のヒレ酒を賞味する。先生もお印に、盃《さかずき》にちょっぴり入れ、なめると、

「村越さんは、昔から強いのかな」

「強くなんかありませんよ。小学生の時、リンゴのリキュール飲んで腰が抜けました」

「何だか、『赤毛のアン』みたいな話ね」

と、まりえ。

「二日酔い対策はするのかな」

「塩ラーメンの麵《めん》が少なくなったところで、たらふく飲む。これは効果がありますね」

「リアルだなあ」

と感心しながら、先生は、

「……謎が謎だと気づかないまま、何十年も過ぎる。そんなこともあるよ」

目が、まりえを見た。

「はあ……」

「《大学に来て踏む落葉コーヒー欲《ほ》る》という句がある」

「……伝わるものがありますね」

「中村草田男《くさたお》の句だ」

「存じませんでした」

「僕は大学時代、先輩に教えられた。それ以来、冬になると胸に浮かんで来る句だった。ところが、ついこの間のことだ。神保町の古書店の前をぶらぶら歩きしていたら、平台に古めかしい、冬の『歳時記』が出ていた。格別の思いもなく手に取って、《落葉》のところを開いた。そうしたら、こんな風に出ていた」

先生は、よどみなく暗唱した。

むさしのの空真青《まさお》なる落葉かな　水原秋桜子《しゅうおうし》
大学に来て踏む落葉コーヒー欲る　中村草田男
ニコライの鐘の愉《たの》しき落葉かな　石田波郷《はきょう》

まりえは驚きの唇になり、

「よく覚えていますね」

先生はその言葉に、どうしたのかな——と思うほどしばらく口を結んでいた。

やがてにこりとし、

「本当だ。昔のことは忘れない。最近のことは、ざるで水をすくうようにこぼれて行ってしまう。——その筈《はず》なのにね」

まりえは、そんなことはありませんよ——と小さく首を振った。先生は続ける。

「これもまた、思いがけない出会いだったよ。買って帰った。……学生の頃、先輩があの句を知っていたのを、謎とは思わなかった。でも、……先輩だってまだ、二十をちょっと過ぎたぐらいだった。……草田男の全集で調べたら、戦前の句だった。先輩は英文科だった。句集を買ってまで読んだろうか。……僕が見つけた歳時記は、昭和三十年代の終わりに出たものだった。親が買っても不思議はない。……北の町の、先輩が育った家の書棚に同じ本が眠っていた。中学生、高校生の頃、先輩はそれを開き、並んだ冬の言葉を、繰り返し読んだ。……そう考えるのは……的外れでもないと思うなあ」

7

寺脇先生をタクシーに乗せ、お見送りした。早苗が、

「遠慮してたから、飲んだ気がしませんよ。もうちょっと付き合ってくださいよー」

という。まりえは、

「いいわよ。――帰ったって、誰かいるわけじゃなし」

「おお。心強いお言葉ですね」

まりえは、信号で止まっているタクシーを見ていた。赤が青になり、車は動く。テールランプが暮れの街に溶けて行く。それを見ながら、先生もお一人なんでしょうね
――と小さくいったが、早苗の耳には入らない。

まりえは、振り返り、

「……先生のいってた《先輩》って、女の人なんでしょうね」

「えっ。――そ、そうですかね。それが何か」

「ううん」

と首を振り、目を上に向け、

「……くっきりと……空引っ搔《か》いて……冬の月」

師走《しわす》の天に、細い月があった。

8

翌朝、早苗は鏡を見て驚いた。

「何、これ!」

ケンちゃんが、

「忘れたの?」

と嘆く。娘が肩をすくめ、

「大変だったんだよ、昨日」

「あ、暴れたの、わたし?」

ケンちゃんが答える。

「ご機嫌でさあ。台所でステップ踏んで、あちこちにぶつかる。《危ないよ》と止めたら、《何をボルダリング! あたしだって、足ぐらいーっ!》と叫んで、バレリーナみたいに片足上げたんだ。ま、正確にいえば、上げようとしたんだな。そのまま、すってーんと転んで、床で顔面を打った。ひどい音がしたよ」

「ひえー」

「尖《とが》ったものがなくて、本当によかった。冷やしたりなんだり大騒ぎ。まあ、目もちゃんと見えるようだし、大丈夫だろう――と、寝かしつけた」

「……そ、その結果がこれ？」

右目の回りに、殴られたボクサーのような痣《あざ》が出来ている。

――漫画みたい。

しかし、笑えない。仕事がある。出来る限り化粧でごまかし、季節はずれのサングラスをかけた。

その姿を見て、瀬戸口まりえが凍りついた。

「ケ、ケンちゃん。やさしい人だと思ってたのに……」

「違いますよ」

「えぇーっ。――やさしくないの？」

「それが、違うんですっ！」

いえばいうほど、ごまかそうとしているようだ。

「うんうん。彼だって人間だからねえ。耐えられる限界が……」

――さて、この誤解をどう自然に解いたものか。
と悩む早苗であった。

引用は、番町書房『現代俳句歳時記　冬・新年』石田波郷　志摩芳次郎編による。

本書は文庫オリジナル作品集です。

初出一覧

冬の水族館	「小説新潮」二〇二一年一月号
その指で	「小説新潮」二〇二〇年三月号
これがいいんだ	書き下ろし
シネマスコープ	「小説新潮」二〇二〇年三月号
陸海空　旅する酔っぱらい	「小説新潮」二〇二〇年三月号
カナリアたちの反省会	「小説新潮」二〇二〇年三月号
奇酒は貴州に在り	「小説新潮」二〇二〇年三月号
エリックの真鍮の鐘	「小説新潮」二〇二〇年三月号
振り仰ぐ観音図	「小説新潮」二〇二〇年三月号

角田光代著
キッドナップ・ツアー
産経児童出版文化賞・路傍の石文学賞受賞

私はおとうさんにユウカイ（＝キッドナップ）された！　だらしなくて情けない父親とクールな女の子ハルの、ひと夏のユウカイ旅行。

角田光代著
さがしもの

「おばあちゃん、幽霊になってもこれが読みたかったの？」運命を変え、世界につながる小さな魔法「本」への愛にあふれた短編集。

角田光代著
くまちゃん

この人は私の人生を変えてくれる？　ふる／ふられるでつながった男女の輪に、恋の理想と現実を描く共感度満点の「ふられ小説」。

角田光代著
私のなかの彼女

書くことに祖母は何を求めたんだろう。母の呪詛。恋人の抑圧。仕事の壁。全てに抗いもがきながら、自分の道を探す新しい私の物語。

角田光代著
笹の舟で海をわたる

不思議な再会をした昔の疎開仲間は、義妹となり時代の寵児となった。その眩さに平凡な主婦の心は揺れる。戦後日本を捉えた感動作。

角田光代著
平　凡

結婚、仕事、不意の事故。あのとき違う道を選んでいたら……。人生の「もし」を夢想する人々を愛情込めてみつめる六つの物語。

北村薫著
スキップ
目覚めた時、17歳の一ノ瀬真理子は、25年を飛んで、42歳の桜木真理子になっていた。人生の時間の謎に果敢に挑む、強く輝く心を描く。

北村薫著
ターン
29歳の版画家真希は、夏の日の交通事故の瞬間を境に、同じ日をたった一人で、延々繰り返す。ターン。ターン。私はずっとこのまま?

北村薫著
リセット
昭和二十年、神戸。ひかれあう16歳の真澄と修一は、再会翌日無情な運命に引き裂かれる。巡り合う二つの《時》。想いは時を超えるのか。

北村薫著
おーなり由子絵
月の砂漠をさばさばと
9歳のさきちゃんと作家のお母さんのすごす、宝物のような日常の時々。やさしく美しい文章とイラストで贈る、12のいとしい物語。

北村薫著
飲めば都
本に酔い、酒に酔う文芸編集者「都」の恋の行方は? 本好き、酒好き女子必読、酔っぱらい体験もリアルな、ワーキングガール小説。

北村薫著
ヴェネツィア便り
変わること、変わらないこと。そして、得体の知れないものへの怖れ……。〈時と人〉を描いた、懐かしくも色鮮やかな15の短篇小説。

新潮文庫最新刊

恩田陸著
歩道橋シネマ
その場所に行けば、大事な記憶に出会えると——。不思議と郷愁に彩られた表題作他、著者の作品世界を隅々まで味わえる全18話。

藤沢周平著
決闘の辻
一瞬の隙が死を招く——。宮本武蔵、柳生宗矩、神子上典膳、諸岡一羽斎、愛洲移香斎ら歴史に名を残す剣客の死闘を描く五篇を収録。

三上延著
同潤会代官山アパートメント
天災も、失恋も、永遠の別れも、家族となら乗り越えられる。『ビブリア古書堂の事件手帖』著者が贈る、四世代にわたる一家の物語。

中江有里著
残りものには、過去がある
二代目社長と十八歳下の契約社員の結婚式。この結婚は、玉の輿？ 打算？ それとも——。中江有里が描く、披露宴をめぐる六編！

三国美千子著
いかれころ
新潮新人賞・三島由紀夫賞受賞

南河内に暮らすある一族に持ち上がった縁談を軸に、親戚たちの奇妙なせめぎ合いを四歳の少女の視点で豊かに描き出したデビュー作。

赤松利市著
ボダ子
優しかった愛娘は、境界性人格障害だった。事業も破綻。再起をかけた父親は、娘とともに東日本大震災の被災地へと向かうが——。

もう一杯《いっぱい》、飲《の》む？

新潮文庫　し－21－21

令和三年六月一日発行
令和四年三月五日三刷

著者　角田光代　島本理生　燃え殻　朝倉かすみ　ラズウェル細木　越谷オサム　小泉武夫　岸本佐知子　北村薫

発行者　佐藤隆信

発行所　株式会社新潮社
郵便番号　一六二―八七一一
東京都新宿区矢来町七一
電話　編集部(〇三)三二六六―五四四〇
　　　読者係(〇三)三二六六―五一一一
https://www.shinchosha.co.jp

価格はカバーに表示してあります。

乱丁・落丁本は、ご面倒ですが小社読者係宛ご送付ください。送料小社負担にてお取替えいたします。

印刷・大日本印刷株式会社　製本・加藤製本株式会社

ISBN978-4-10-105835-1　C0193